飛入兒童詩的世界

林加春 著

也是序文

自在寫詩，快樂作畫

因為喜歡小朋友，所以我當小學老師；因為喜歡文學，所以我教小朋友寫詩；因為喜歡藝術，所以我教小朋友繪畫。做這些事都讓我快樂，把這些快樂結合起來，是很美好的感覺與享受，所以我選擇「兒童詩畫教學」，把快樂與美好跟小朋友分享；再把小朋友的詩畫作品出版成書，跟所有的大小朋友分享。

想想看，讀了一首情意動人的兒童詩，用色彩或線條畫出心中的感動；或是欣賞一幅趣味橫生的兒童畫之後，把感覺用文字寫成兒童詩，這麼做不但能增加對詩與畫的感受，也是很美妙的創作，是相當有意義的活動。

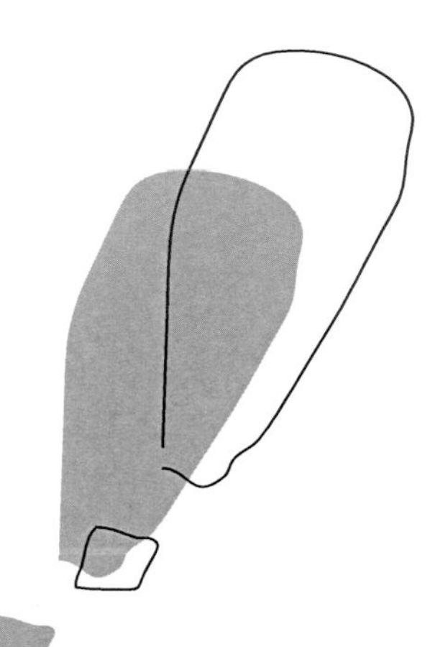

實際情形是，指導兒童詩畫的創作，讓我和小朋友都體認到：能藉著畫把「詩」畫出來，或用詩把「畫」寫出來，都是一種美感經驗的轉換，可以彌補文字或畫面的不足，有相得益彰的效果，也有深度創作的喜悅。

但是，為了減輕對新教材的生疏所造成的疑懼，同時又要增強學習動機和效果，我在兒童詩畫教學前期，先進行一整個學期的剪貼插畫活動，並搭配兒童詩的創作和造形繪畫的基本練習。

這樣的安排，讓小朋友在剪剪貼貼、描描繪繪的過程中，可以充分自主的決定剪貼素材和內容、構圖、造形，幫助他們大膽自信的放手創作，展現童趣。方法是：選取閱讀過的好作品，剪貼在剪貼簿上，再為這些作品畫插圖。當然，為別人的作品畫插圖，遠不如為自己的作品「美容」來得快樂，於是小朋友也嘗試文字創作、投稿，剪貼自己的作品來插圖。

至於造形繪畫的練習，則要盡量鼓勵孩子「玩」，「遊戲」一般的無拘無束、輕鬆隨興，運用自己喜歡的模式，去創作出帶有自己風格的作品。提供豐富多元的材質和廣泛生動的題材，由簡而繁、由抽象而具體、由平面而立體，引發小朋友嘗試的樂趣，增廣小朋友思考的空間。透過塗、抹、吹、捏、摺、扭、撕、剪、割、拆、堆、印、敲……等種種手法，在饒富遊戲趣味的活動過程中，達到快樂創意的學習目的。

當然，在剪貼插畫和造形繪畫進行的同時，也要指導小朋友創作兒童詩。同樣的，兒童詩教學也以遊戲化、活動化為基準，小朋友們既滿足玩的天性，又能不知不覺接觸、了解、體悟兒童詩的境界，自然且大膽的提筆抒發成文字創作。唯有在這種自由的、開放的、活潑的氣氛下，小朋友的詩才會是兼具想像、情意、趣味與創新的作品。

經過前述這些必要的「熱身暖場」運動，再進入兒童詩畫的創作就水到渠成，簡單多了。

從事兒童詩畫的創作，可以是先寫好詩再畫成畫，也可以是先畫好畫再寫詩，這兩種最好交互運用，不要侷限固定。小朋友在不同創作方式中，往往有觸類旁通、意想不到的效果。

一首情景交融的兒童詩，一定充滿優美意境，能否畫出詩的意境，是決定兒童詩畫成敗的要件。在畫詩之前，不妨請小朋友多誦讀並共同討論賞析，加深對詩意的體會。一幅打動人心的兒童畫，必然也會給人震撼，留下咀嚼思考的空間。這種心靈的悸動往往也因人而異，讓小朋友先發表、闡述自己的見解跟批評，再適度引導小朋友對原作深入探討，考慮如何表現主題，都是必要的過程。

等到實際創作兒童詩畫時，對於詩的格式或繪畫材料等，都不需硬性規定，甚至也不必禁囿於原先討論的範圍，這樣，小朋友的作品才能呈現更多不同的面貌。

將趣味的兒童詩和迷人的兒童畫融合成一件件兒童詩畫作品，使文字跟圖像互相托襯伴奏，使創作與欣賞都更有深度廣度，無疑是美的饗宴。但是，一個快樂自主的學習活動，才能讓這種美好具有意義，值得推廣。這也正是我在兒童詩畫教學活動中，始終堅持「遊戲化」教學，強調讓孩子快樂、輕鬆、自信、獨創的用意所在。

請來分享這場美的饗宴！

詩情

整首詩「層次」的表現相當搶眼：吃下一口、再吃了一口、又吃一口；涼風、冷氣、冬天；嘴巴、食道、肚子。不但把涼風、冷氣、冬天「以物擬人」，也把自己「以人擬物」的變成冰箱，比擬法用得出色極了。

畫意

俐婷這幅畫，善用各種要素來強化圖畫裡的涵義，透過創意的設計和傳神的象徵手法，使構圖生動有趣，內涵精緻豐富，讓人眼睛一亮。藍色系列傳達了人們對於夏天的渴求，雲的白和雪的白相呼應，色彩用得真好。

把夏天冰起來

詩畫／陳俐婷

吃下一口冰
涼風在我的
嘴巴裡
住了下來
再吃了一口冰
冷氣在我的
食道裡
住了下來
又吃一口冰
冬天也在我的
肚子裡
住了下來
哇
我這台小冰箱
可以冰得下整個夏天

秋天的春聯　詩畫／王彥翔

秋天把春聯寫在樹上
紅的
綠的
黃的
紫的
一個個
一串串
看不到春聯
就是冬天要到了

詩情

第一句詩，就自自然然把秋天給擬人化了。有這麼一個意象鮮活的開頭，詩的張力就增強了。把果實比擬為春聯，是彥翔最大膽的創意表現，兒童詩的想像既要神奇也要合情合理，彥翔能做到這點是很不容易的。

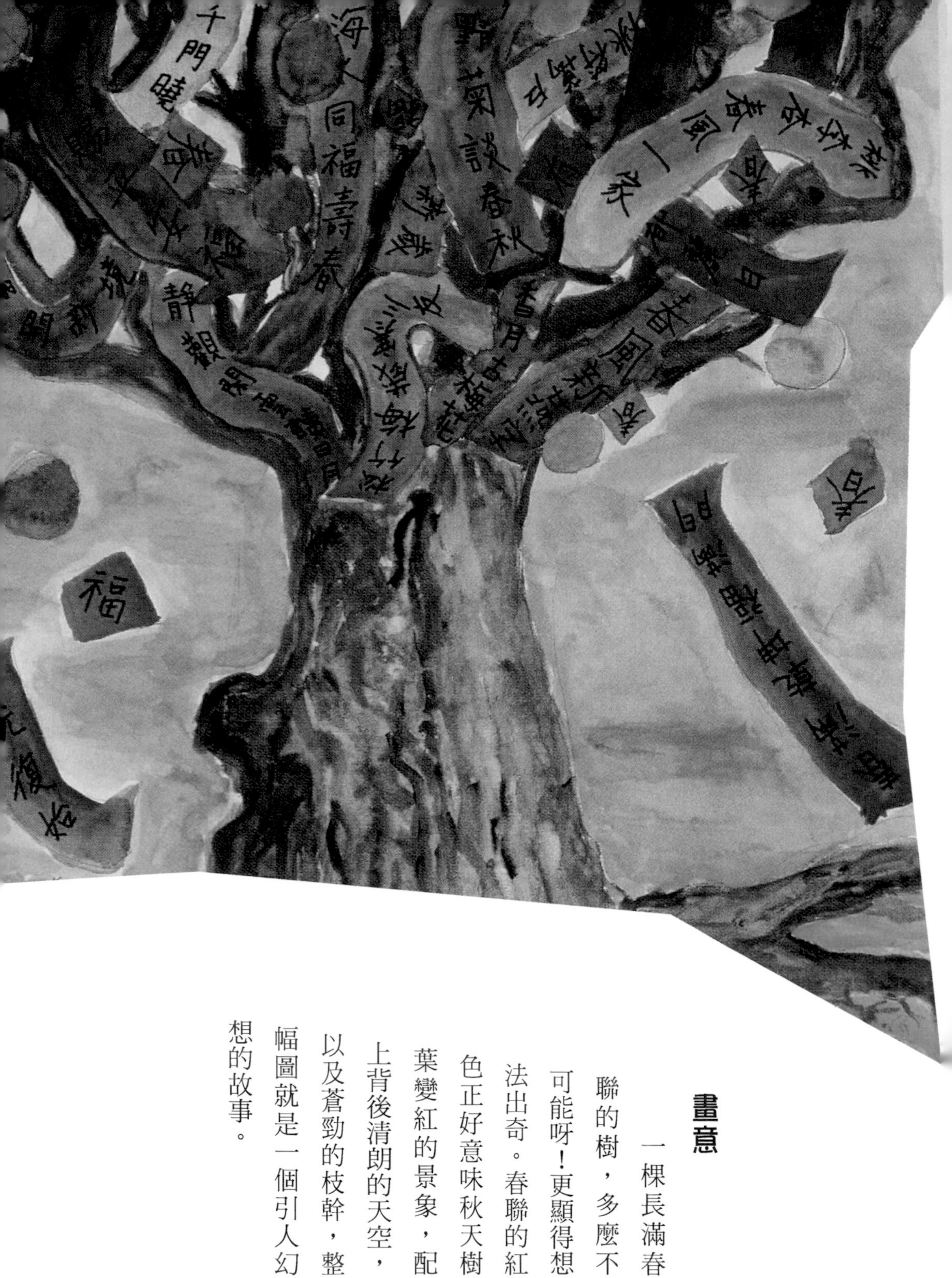

畫意

一棵長滿春聯的樹，多麼不可能呀！更顯得想法出奇。春聯的紅色正好意味秋天樹葉變紅的景象，配上背後清朗的天空，以及蒼勁的枝幹，整幅圖就是一個引人幻想的故事。

燕子

燕子
拿著小剪刀
剪啊剪
剪下天空這匹大布
縫啊縫
縫出最大最神奇的衣服
送啊送
送給春天穿
穿啊穿
穿來一陣陣叫好聲

詩情

由「剪」帶出天空，由「縫」帶出衣服，由「送」帶出春天，由「穿」帶出叫好聲，詩意的安排不但井然有序，更別出心裁的利用「頂真」技巧，順暢自然的緊湊銜接，毫不矯揉做作，實在難得。

畫意

毓妮的這幅畫很感性也很有創意，不但利用燕子的長尾巴，剪出一件美麗的衣服，還以燕子和遠處小鳥的大小懸殊比例，來拉大景的深度，除此之外，燕子也有穩定畫面的作用。

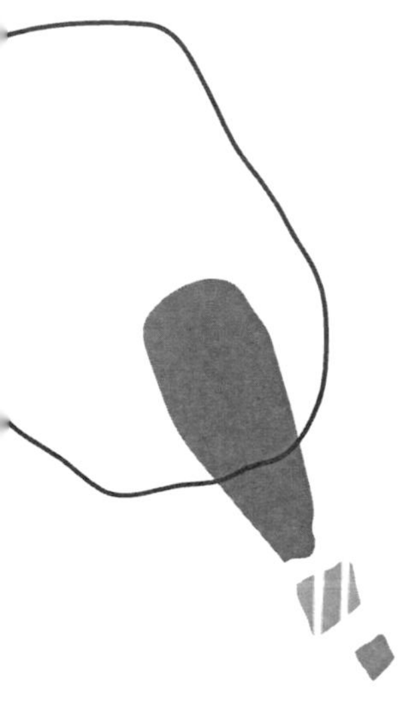

目錄

兒童詩是什麼東西?

開場白——他的感覺

是誰將詩彩上一片顏色
美麗又迷人
幸好我擋住了她的去路
穿上了她
好多顆眼珠
在「好棒唷!」聲中滾大了

這是陳慧純小朋友心中的兒童詩，那是在經過一陣熱烈討論後的作品，我們討論的主題是：兒童詩。

為了讓小朋友對兒童詩多點兒認識，甚至喜歡兒童詩，我和小朋友一起發表自己對兒童詩的看法，請你也來參加吧！

腦力激盪——我有話要說

「哎呀！兒童詩是什麼東西嘛？」一個小朋友苦惱的說，想不到很多聲音也跑出來了：

「兒童詩就是兒童詩嘛！」

「才不，它是會把腦筋打結的一雙手！」

「錯！兒童詩是一隻小狗，有時對我搖尾巴，有時對我汪汪叫。」

「說狗多難聽，它等於想像加夢境，兒童詩都很美的。」

「這樣說誰不會？兒童詩是檸檬汁加糖，清涼解渴！」

「照我看，兒童加詩的意思就是垃圾桶加稿費，因為寫不好的詩都被丟進垃圾桶，沒進垃圾桶的寄去投稿都會錄取，賺稿費呀！」這話引來一場哄堂大笑。

一個戴眼鏡的男孩挪挪眼鏡說：「兒童詩是一種寫了能讓小朋友頭腦更靈活，更富創造力的東西，所以，把想像和實際加起來，再用詩的表現方法寫出來，就是兒童詩。」

「是，小博士。」我說：「兒童詩就是這麼簡單，想到什麼寫什麼，感受到什麼寫什麼，只要寫出事物獨特的地方就對了。」

受到鼓勵，小朋友說得更多了：

「兒童詩是兒童心中的想像。」

「異想天開寫出來的，好玩可愛又有趣。」

「等於『加春牌』八寶粥啦！因為在詩中加了天真、可愛、想像、情意、趣味、創造、思考。」

「也等於一加一百，因為一位兒童就可以創作出許多兒童詩。」

「我認為兒童詩是童年的鞦韆，它給我快樂和滿足。」

「每次寫兒童詩我都想得快發瘋了，所以我認為兒童詩是一所瘋人院。」

「哎呀！別這樣嘛！兒童詩雖然很費腦力，卻可以使人快樂。」

「我倒覺得兒童詩是在頭腦裡做白日夢。」

「對，它把心裡的幻想和感覺寫出來了。」

「它是兒童的夢。」

我插嘴問：「我不是兒童，兒童詩會跟我『拜拜』嗎？」

「也有大人寫兒童詩啊！」

「噢！大人寫的跟兒童寫的詩有差別嗎？」我轉移話題。

「兒童寫的像一口淺井，探頭就看到底；大人寫的像一口深井，要爬好深才看得到。」

「大人寫的看不懂，兒童寫的懂過頭。」

「還有咧！寫的人不同啊，成人跟小孩想法不同。」

畫：蔡瑞發

「那我不適合寫囉？」我故意問。

「可以呀！老師的想像力比較豐富。」「對！個性又非常幽默，還會跟我們玩在一起。」「而且有敏銳的觀察力，連我上課時偷看漫畫都知道。」「腦筋還能轉一百八十度。」七嘴八舌的聲音響起來。

「你們是說，這樣的人才適合寫兒童詩嗎？」我抓住問題。

「不一定啊！牛頓小時候被罵笨，長大卻成為科學家，說不定瘋子也能成為文學家。」

「愛說笑，牛頓不會寫兒童詩啦！我比牛頓行，像我這種腦袋空空的人最適合寫，因為腦袋滿滿的人已經裝不下寫兒童詩的靈感了！」

不過仍有小朋友還很煩惱：「可是，寫兒童詩好難唷！」

「喔？這樣子啊！」我笑著問：「你們覺得寫兒童詩最大的困難是什麼呢？」

「開始的第一句最難！」有人毫不考慮的說。

「老師叫你寫，你卻不想寫。」

「內容被搶走了！我最怕和別人寫的一樣。」

「缺乏想像也很麻煩！」說這話的人馬上得到共鳴。

「對！那就是想像跑錯地方了。」

「我最怕靈感討厭我，沒有靈感，我也沒法寫呀！」

「那叫腦袋秀斗，兒童詩也就長不出芽了！你們看陳世憲小朋友的這首〈兒童詩〉。」

思考躍不出來了
筆揮灑不下去了
靈感飛走了
老師的聲音更不斷催促著
我低頭望望
看看空蕩蕩的稻田
喔
原來我的兒童詩還未發芽

「唉！我的情形就像他——沒發芽！」小朋友嘆著氣。

「有時候發芽了，寫到一半卻接不下去。」
「很吵很鬧，想跟別人玩時，都很難寫得好。」
「是啊！吵鬧像寒流，芽是冒不出來的！」
「不一定喔！我們再看看王智育小朋友寫這首詩。」

想呀想　看呀看
愛玩的心又跑起來了
怎樣也寫不出來
老師講寫詩要
多聯想多觀察多體會
可是　老師不知道
愛玩的心
已經把兒童詩
帶去玩躲避球了

「啊？他怎麼敢這樣寫？」
「想不出來可以寫成詩，不想寫也可以寫成詩，真好玩！」
「那我也會，你們聽：『風抓走我的靈感，陽光綁住我的筆，遊戲騙走了我的心，哎呀！兒童詩被綁架了！』」這個小朋友說得大家哈哈笑。
而我，看到一群開心的小朋友，把「兒童詩」和「快樂」連在一起了！

遊戲活動　**你也做做看**

- 請你也說說看，什麼是兒童詩？
- 從報刊雜誌或兒童詩集中，找出你喜愛的詩。
- 把喜愛的兒童詩大聲朗讀幾遍。
- 試著挑出優美的詩句，愈多愈好。
- 想想看，你喜歡成人寫的還是兒童自己創作的兒童詩？為什麼？
- 把你對兒童詩的看法寫成一首詩。

想像飛起來了——談想像

開場白——他的感覺

三月，放風箏的那天，我和小朋友談談「春天」，他們心中的春天可真多呢！「是燕子的家。」「是蹦蹦跳跳的小精靈。」「是冬天的影子。」「是一個從不抱怨的媽媽。」「是一個撲滿。」「像溫和的綿羊。」「像塊可口的餅乾。」「是一個畫家。」……

我們一起把這些心中的話做成電報，串在線上，請風箏捎上藍天，帶給春天做見面禮！

腦力激盪——我有話要說

看著我們的想像飛在天上，我伸手一抓，握著拳頭問：「我抓到什麼？」

小朋友很起勁的猜：「糖果。」「小鳥。」「花。」「手帕。」「粉筆。」「空氣。」……

我一直搖頭，最後我攤開手，手中空空的，小朋友連聲抱怨：「上當了！」「騙人的！」

「小朋友，我抓到的是——想像！」

「想像？」很驚訝的表情：「想像是這樣的嗎？」他學我伸手一抓再鬆開手。哈！我忍住笑，問：「你們認為想像是什麼？」

「像腦袋裡的無底洞，挖也挖不完。」

「是自由發揮，毫無拘束的。」

「是拿著魔棒的小仙女，棒子向我一點，我就會寫詩了。」

「是頭腦裡的珍珠。」

「是寶藏啦！」

「那就等小朋友去開採嘍！」我說。

「想像就是夢周公，想啊想啊就睡著了！」

一群小朋友笑做一團，我嘆口氣：「碰到這種人，孔子也沒輒啦！」

這時，一個安靜的小朋友突然開口：「想像就是兒童詩的床，兒童詩常常睡在床上。」

這句話讓大家安靜了一下，我鼓鼓掌：「說得很好，兒童詩不能沒有它。你

畫：吳佩娟

們認為想像很難嗎？」

「蠻難的，要絞盡腦汁。」

「不會呀！只要胡思亂想就行了。」

「那還是要思考哇！」

「用心想就不難。」

「嗯，我眼睛一閉，嘴巴一闔，想像就來了。」

「每次都要想新點子，太難了！」

「不會呀！靈感常常吵我，使我睡不著覺。」

「喔，不打自招，難怪你上課常『釣魚』。」接著我指著天邊的雲問：「如果天上的雲都是

畫：葉彥嬅

棉花糖，這個世界會怎麼樣？」

「哇！」小朋友對糖最有興趣了：「會變成沒有牙齒的世界！」「空氣有甜甜的香味。」「螞蟻會飛上天吃棉花糖。」「雲會被吃光！」「所有的動物都會得糖尿病。」

「除了雲像棉花糖」，我再問：「常見到的想像還有哪些？」

「媽媽像鬧鐘。」「北風是流浪的孩子。」「雨是老天爺的眼淚。」「毛筆像掃把。」……

一個個答案不斷說出來，我只得喊停：「來看看黃于容小朋友寫的〈春天〉」：

春天的喊叫聲
把綠葉叫醒
也從棉被裡把我拉起來
春天一定是站在門外
門才會笑口常開

「大家說說看，這首詩有想像嗎？怎麼想的？」

「春天像媽媽，會叫人起床。」「門有知覺，會笑。」「把葉子發芽想做被春天叫醒。」「把氣候溫暖門窗不再緊閉，想成是門為了迎接春天，露出笑容。」

「嗯，很好！」我又說：「兒童詩的想像不一定要用『是什麼』或『像什麼』這種譬喻法來表現，你們印象中有沒有比較精彩的想像呢？」

「夏天的海，會開一朵朵五彩的花。」

「給太陽一個冷水澡。」

「那不稀奇，我看『太陽結冰了』才高竿。」

嘿，看起來想像的魔力還真不是蓋的。

「電燈和開關在談戀愛。」「哈哈，觸電了！」

「烏雲摔了一跤，就哭出來。」「咦！雲也會摔跤？那麼天不就破了？」「就是天破了，淚水才會落下來呀！」

「寫兒童詩一定要想像嗎？」我趁機會問。

「喏，看看盧欣慧小朋友寫的〈樹〉」：

樹是一棟棟公寓
葉子是住戶
風是房東
可是葉子老了
繳不出房租
就會被風趕走

「再看看曾淑郁小朋友的〈木頭人〉」：

「一二三，不能動！」
「嘻，好多個木頭人。」
快快跑　快跑
「一二三，不許動！」
「討厭的螞蟻，

畫：盧欣慧

不要爬，好癢！」

「曾淑郁！」

哎呀，已經不癢了。

「小朋友覺得怎麼樣？沒有想像會有影響嗎？」

「第二首就是寫玩遊戲的事情嘛！雖然沒有加上想像，可是我也很喜歡。」「嗯！很真實，一看就懂。」

「第一首用了想像，看起來比較有意思。」「就是啊！不加點想像，好像煮菜不放鹽，淡淡的。」

「想像的確很重要，但做哪些活動對想像力有幫助呢？」

「多看書。」「腦力激盪也不錯。」「哎！『玩』最好啦！」「對對對！去玩！」

「玩魔術方塊。」「四處旅遊。」「玩遊戲。」「只要有玩就行了。」……

「那麼，我們來玩遊戲吧！」看穿小朋友的心思，我微笑的宣布，歡呼聲熱情的揚起，風箏飛得更高了！

遊戲活動

你也做做看

- 你能說出孫悟空和想像有什麼關係嗎？
- 有一天你醒過來，發現自己躺在乒乓球裡，你會怎樣？
- △○☆□◇◎，左邊的圖形讓你想到什麼？請將它們組合成一幅有趣的圖畫。
- 請利用下列語句寫成一則笑話：開口笑、一個西瓜、牛不喜歡吃草、氣球破了、特價優待。
- 請以「季節」為主題，寫一首富有想像的兒童詩。

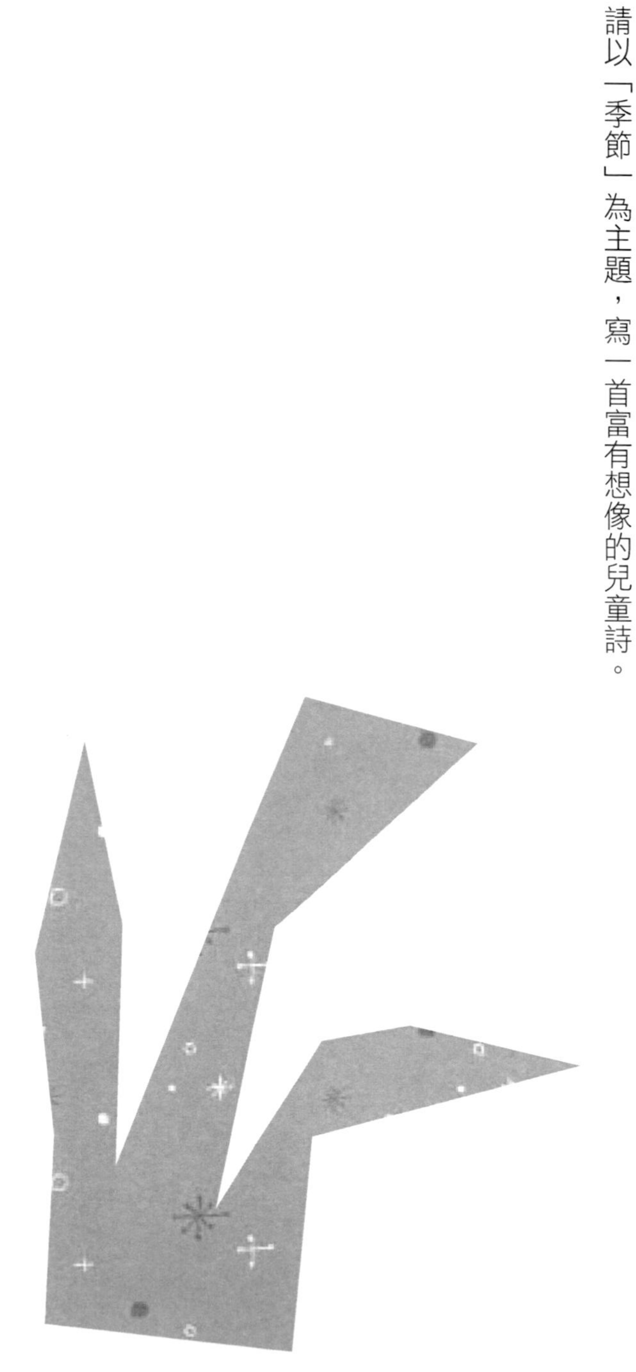

好感動喲！談情意

開場白——他的感覺

上美勞課做母親卡，小朋友想到了媽媽，話匣子就打開了，陳慧純在母親卡上寫：

水好涼好涼時
小溪流笑了笑
小魚兒都出來了
雲好白好白時

天空笑了笑
太陽都出來了
我好乖好乖時
媽媽笑了笑
糖果都出來了
啊
媽媽看著我
我看著媽媽
媽媽的愛是條小溪
流走煩惱也帶來快樂
媽媽的愛是片大海
大海映著藍天
母愛卻照耀著我

畫：翁慈苑

圍觀的小朋友說：「這首詩完整而含蓄的表現出媽媽的愛，我很喜歡。」

「我比較欣賞『媽媽看著我，我看著媽媽』這句。」

「這首詩讓人感動！」這句話說得簡單，卻引出小朋友的問題：「兒童詩要怎樣才能令人感動呢？」

腦力激盪——我有話要說

「當然是用心寫嘛！」

「對，將心比心，令我感動的，別人也會感動。」

「有這種事？」

「寫兒童詩要生動有趣，得多用擬人化描寫景物，用移情法表現感情。」我插了一次嘴。

「我知道了！兒童詩要加點想像，加點感情，加點詩意，才會感動人。」

「不能只加一點，必須感情豐富，因為情意是從內心發出的，對寫詩很重要。」有

個小朋友這樣說。

「我的詩大部分都是有趣的，情意就不怎麼重要了。」

「我都是看到什麼就想像一番，再寫成兒童詩。」

我問大家：「情意的表現和景物的描寫，哪個比較重要呢？」

「情意的表現比較重要，景物的描寫只在描繪外觀，情意的表現卻在表達內心的感受。」

「對，若沒有情意，寫得再好也沒用。」

「都重要啦！有情意的表現，兒童詩就有『感情』；有景物的描寫，兒童詩就會『生動』。」

「我覺得，兒童詩的情意要表現出來，景物也要描寫，才能讓別人感動！」曾淑郁說完，又以她的〈喝喜酒〉作例子：

當婚禮進行時

時間就停在喜氣裡

當新郎看著新娘時
時間就停留在他們的眼睛裡
時間為大家高興
把喜加在糖果裡
時間為大家高興
把喜加在汽水裡
他們是一對潔白的天鵝
把喜帶給大家
我們是一群快樂的小天使
散播愛的芬芳
啊
讓時間永遠停在
美好的歌聲裡

「你是怎麼想到的？」有人邊鼓掌邊打聽。

「我是在喜宴上看到大家一片歡喜，有感而發寫下的。」

「能讓人感動的是好詩沒錯，但那是不是說，因為『感動』才寫得出好詩呢？」我問。

「有可能喔！因為自己受到感動，激發想像力，就能寫出好詩。」

「令人感動不是說做就做得到的，要從自己的感動中啟發出情感，再加以描寫，才能感動別人。」

「那我問你，你受了感動，傷心得一把鼻涕一把眼淚時，還有心情寫兒童詩嗎？」哈哈！這傢伙腦筋轉得真快！

「如果好詩都得感動人的話，那我喜歡的趣味詩，不就要從此消失了嗎？」

「不見得，喜歡也是一種感動啊！」

「我有時候被氣得火冒三丈時，也會有靈感寫出好詩哩！」

聽到這位小朋友的經驗，我問：「生氣這種不美好的情意，也能作為寫詩的動力嗎？」

「我曾經寫過，但效果不好。」

「我一生氣就沒想到要寫詩。」

「我有欸！那次媽媽不准我出去玩，我很生氣，就寫了一首〈漿糊腦〉：

媽媽告訴我
我的腦子裡面全是漿糊
每天就想著玩具
這是三、四年前說的話
我到現在還記得
媽媽叫我把大腦留些空位
這樣才能黏住一些功課

寫完後我氣也消了。」

「原來，用不美好的情意也能寫出好的兒童詩啊！」

「可是，用美好的情意寫詩，才能給自己一個美好的感覺。」

「我喜歡用不美好的情意來表現，它雖然不完美，卻比較符合實際。」

「兒童詩既然是寫了能令大家感到愉快的詩，我想還是用美好的情意來表現比較好發揮。」

「對！何況人老是生活在不愉快的經驗裡，那多可憐哪！媽媽會很難過、擔心的。」我拿起小朋友做好的母親卡說。

遊戲活動 你也做做看

- 用一句話寫出美好和不美好經驗給你的感受。
- 寫出三句表現情意的詩。
- 寫出三句描寫景物的詩。
- 想一想，你的情感在什麼情況下最容易衝動？
- 翻看家中的相簿，找一找，哪張相片讓你感動？從相片中你發現了什麼？
- 以「家庭」為主題，請寫一首「情景交融」的兒童詩。

放輕鬆點——談趣味

開場白——他的感覺

有一次，我問小朋友：「什麼動物最有趣？」

「蝸牛最有趣了，每次我看到蝸牛，都能感覺到他在對我說：『好重喔！好重喔！真恨當初不問清楚，貨到底要送到哪一家？』實在很好玩！」

「孔雀才有趣咧！他最怕熱了，不管哪個季節，總是打開大扇子，還『ㄍㄜ ㄌㄞˊ！ㄍㄜ ㄌㄞˊ！』的喊熱，他那把大扇子，不搧頭搧身體，只搧屁股，真呆！」

「是公雞啦！他每天都會對我這樣叫：『咕咕咕，要起床了；咕咕咕，要上學了；

咕咕咕，太陽早就起床了……。』」話一說完，小朋友都笑得人仰馬翻：「哈哈，『雞同人講』！太厲害了！」

接著，張容蓉開口了：「這沒什麼，母雞生蛋才可愛，每次她要生蛋時，都會叫：

咯 咯 咯 我要生蛋啦
咯 咯 咯 我要生蛋啦
咯 咯 咯 老公快來呀
咯 咯 快來呀 老公
請位產婆呀

你看好不好玩？」

「好！好！產婆——張容蓉來也……」一位調皮的小男孩有模有樣的搖擺姿勢，從位子上走出來。

「抓他！快呀！抓老母雞！」小朋友喊著，笑成一團。

腦力激盪——我有話要說

望著喘噓噓、紅通通的臉龐，我也感染到一股輕鬆愉快的氣氛，不禁問小朋友：

「除了動物外，什麼樣的事物也會讓你們感到有趣呢？」

「玩遊戲最有趣，像官兵捉強盜就很好玩。」

「哎，那太幼稚了！」

「就是啊！一直追逐，沒什麼變化！」

「出糗的時候最有趣！」

剛說完就有人叫他：「你的拉鍊沒有拉！」「嗄！」他紅著臉，看的人笑著修正他剛才的話：「看別人出糗才有趣啦！」

「聽笑話也很有意思。」

「新奇、幽默的事物都很有趣。」

「寫兒童詩也很有趣，每次寫兒童詩，趣味就跑出來了。」

「嘿！跟我想的一樣。」

「唉！我本來要講的，被你先說了！」很遺憾的樣子。

我問：「兒童詩的趣味在哪裡呢？」

「就在詩裡呀！」

「不對，是在自己心裡，如果你沒辦法感覺它的趣味，它就沒有趣味了。」

「我最喜歡兒童詩裡的想像，從想像中我可以得到創作的樂趣，所以我寫了〈天空的網子〉：

天空有一面大網
把太陽網了進去
把白雲網了進去
把小鳥網了進去
一不小心
網子破了
小鳥飛了出去
白雲飛了出去
太陽飛了出去

啊
天亮了

大家覺得怎樣？」
吳思賢說完，有人高興的說：「我知道了，你是把黑夜想成網子！」
「鼓勵鼓勵！」我一喊，小朋友都笑起來，用力拍手。
許振家突然說：「我今天晚上要去當河馬欸！」
「當河馬？」「為什麼？」
「我要去——〈喝喜酒〉：

好多好多的河馬
張著大口
很多動物跑來恭喜
在恭喜聲中
都被河馬吃了

像我這樣幽默的寫法，兒童詩的趣味不就出來了嗎？」

「這首詩的確不錯，但我認為誇張也是趣味的加工廠，我用誇張法寫了這首〈媽媽的心變大了〉：

我跳進媽媽的心裡
妹妹和姊姊也跳進媽媽心裡
哇
媽媽的心
被我們變大了

這樣寫雖然誇張些，卻很有意思，而且也表達了我的感覺。」

小朋友都替黃亞瀅拍拍手，這時，王綉雯害羞的說：「有時候，異想天開也會很有趣，大家看我的〈心年來了〉：

「心」年來了
我的心飛到大統百貨
我的心飛到大立百貨
媽媽帶著我
去找我的心
我到了大統
找到右心房
我到了大立
找到左心房
我的心回來了

這首詩就是這樣產生的。」
「真的欸！『新』年就是『心』年嘛！」「真是妙哇！」

畫：王綉雯

小朋友的發言讓我有個疑問：「如果兒童詩沒了趣味，你還會讀它嗎？」

「沒有趣味的兒童詩不就死板板的嗎？」

「讀還是會讀，不然怎麼知道它有沒有趣味？」

「沒趣味仍然可能有情感呀！兒童詩又不一定要有趣味。老師，你認為呢？」這位小朋友說得頭頭是道居然還反問我。

「嗯！兒童詩如果寫得真摯感人，一樣可以贏得讀者的喜愛。」話題又被小朋友接過去了：「只要把經歷過又好玩的事寫下來，就可以創作一首有趣的兒童詩。」

「不一定吧？不是每個人感受都一樣啊！」

「不管有沒有趣味，只要不改詩的本質，就還是一首詩，我還是會讀它啦！」

「我會覺得很乏味，不想去讀那首詩。」

這話引出另一番妙論：「趣味好比蘋果的香味，很香的蘋果讓人想馬上吞掉它；可是，不香的蘋果也有很甜多汁的呀！」

「咦？也有很香的蘋果，裡面卻長蟲爛掉了，你還吃嗎？」「這……」

小朋友望著他窘困的模樣，笑開來了，這又是輕鬆愉快的一堂課。

遊戲活動

你也做做看

- 請講一個有趣的笑話給家人聽，並請他們打個分數。
- 對著鏡子扮鬼臉，看看有沒有新的感覺。
- 慶生會時來個趣味化裝，娛樂一下大家吧！
- 請設計一個趣味遊戲，與同學或家人共享。
- 想想看，魔術的趣味在哪裡？
- 請以「動物」為主題，寫一首有趣的兒童詩。

感覺大集合——談感官訓練

開場白——他的感覺

校園內，大夥兒正在觀察葉片構造，有個小朋友忽然大聲嚷嚷：「老師，新發現欸！你看！酢漿草有三顆心，而且還緊緊連在一起。」

「哦！那代表什麼？」

「三角戀愛！」答得可真爽快。

「不是啦，是『三心兩意』！」有人插播。

「錯了，是總統——三軍統帥。」

「哎呀！說到哪裡了，那是三個臭皮匠。」

「那誰是諸葛亮？」

「是——不是你，哈……」大夥兒笑得東倒西歪。

腦力激盪——我有話要說

小朋友開始尋寶，打算選拔校園中最奇特的植物，獲選的條件是：①風格獨特；②有人緣；③有看頭；④能製造想像空間。

「仙人掌最神勇，他只要穿上插滿針的綠衣裳，誰也不敢對他怎麼樣。」

「椰子樹最好，他的手有好幾百隻，長在頭上向天空招手。」

「楓樹最慷慨，每天不停織著手套，寒流來了就丟給大家。」

「別忘了玫瑰花喲！她有天使般的臉孔，魔鬼般的身材，還有迷人的芳香哩！」

「竹子最好！全身上下都很有用，而且是老師的秘方——竹筍炒肉絲！」

「請你吃！哈哈……」看來竹子最有人緣了。

畫：竇芝卿

「向日葵才厲害，他和夸父比賽追太陽，把夸父打敗了。」

「蒲公英真了不起，天天坐著熱汽球遨遊世界。」

「豬籠草上課最專心，牢牢記著老師教的『守株待兔』。」

「那班長一定是豬籠草，天天拿著一本簿子等我們上門。」哇，這說得真絕！

小朋友的發現令大家聽得津津有味，他們是怎麼發現這些有趣的秘密呢？

「看哪！」有人脫口而出。

「我還用手去摸，用鼻子去聞。」

「小心鼻子過敏！」話才說完，就有人「哈啾！」了。

「也可以用耳朵去聆聽，還可以用舌頭嚐嚐看。」

「不行啦！萬一中毒怎麼辦？」有人好意的提醒。

「嘿！我跟你不太一樣，我都是用心去體會。」

「嗯，很好！只要肯用寫兒童詩的心去體會，你的兒童詩一定很『兒童』。想想看，學校生活除了校園的景物外，還有哪些事讓你感受深刻呢？」

「考試！」異口同聲丟出來。

「考試一來，課本就把我們的臉吞掉了！」

「考卷是個大管理員，每次老師都要我們寫他，要是寫不好，大管理員就會告訴媽媽：『你的兒子該打了！』」許文彬邊說邊比畫，好像他就是那個該打的兒子。

朱雅琪在大家的笑聲裡紅著臉說：「0分是會滾的球，昨天，它就滾到我的考卷裡，害我被爸爸罵；那該死的球，我今天一定要踢掉它。」最後加重的語氣，引起小朋友的鼓掌。

「0分就像一片海，把我圍住了，游也游不出來。」謝沛吾跟著說。

「我更慘！」邱德銍說：「我，背著一粒考試的核子彈，努力想把它瓦解，但是希望破滅了，它爆炸了，也留給我一大堆記號和考卷上的鴨蛋。」頗值得同情。

「我最不喜歡寫功課，比農夫耕田還辛苦！」

「你不會把寫功課當作耕田嗎？收成的稻穀是黑色的，嘻！」

「最好玩的是老師不在的時候，每個人都是紅歌星，老師來了，我們就變成菩薩，聽老師唸經。」

「我覺得升旗最有意思，一隻隻小麻雀都乖乖站在操場上。」

「我還當過牛哩！我們被叫去割草，一群群牛走來走去，草就被吃光了。」說得好！

「老師的手像法律，」王志祥把話題岔開了：「我們做錯事，老師馬上開庭審理，捉起犯人立刻行刑。」

「打躲避球才慘咧！那粒球像會打人的流星，『砰砰！』我還來不及許願就被打出場了。」

「告訴你們吧，合作社是學校裡最迷人的地方。」邱泰鈞念著：

合作社是個比嘴的地方
愛吃鬼的嘴
總是比河馬大
哇
你看
張三吞了三塊麵包欸
哼
李四一口氣喝完兩瓶飲料呢
不不不不
你看
上課鐘的嘴才大
一下子就把合作社的人潮
吃完啦

「邱泰鈞那麼有經驗，一定常跑

畫：洪崇恩

合作社。」有人邊鼓掌邊說。

「對呀！這叫經驗豐富。如果體會深刻，感受就會強烈，對創作兒童詩很有幫助。」

「老師，我有點懂了欸！」有人點點小腦袋瓜。

「很好！最成功的觀察是能夠看到事物的獨特處，最成功的體會也必定是能夠深入事物的內心。惟有仔細的觀察和深刻的體會，寫出來的兒童詩才比較有內容。所以，我們寫兒童詩……」

「要多用感覺！」小朋友很有默契的接下去。

「你們怎麼知道？」

「老師說的呀！」

遊戲活動 你也做做看

- 請你仔細觀察校園，哪一種植物最奇特？
- 花三分鐘注視一朵花，你有什麼發現？
- 盡力憋氣時，你感受到什麼？
- 在夜市或馬路旁站五分鐘，把五官承受的感覺說出來。
- 請你以「學校」為主題，寫一首兒童詩。

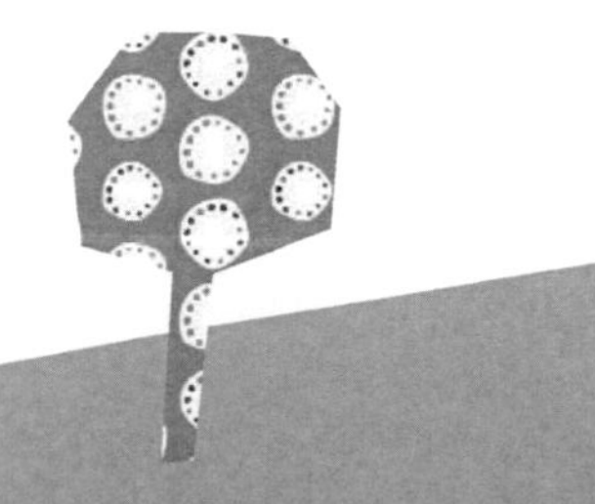

如果上課是遊戲——談遊戲化教學

開場白——他的感覺

哇
遊戲在溜滑梯
把喜悅滑進了
我的眼中
哇
遊戲在打球

把希望投進了
我的手中
哇
遊戲在捉迷藏
把快樂捉進了
我的心中

遊戲很好玩
只要你跟他玩
就會笑起來

快樂的笑聲
都躲在遊戲的手掌心

畫：曾淑郁

腦力激盪——我有話要說

那要玩什麼呢？

「玩捉迷藏！人當久了，要多感覺一下做鬼的滋味！」

「萬一假戲成真怎麼辦？」

「玩木頭人！讓自己身旁的時間靜止。」

「才不要！我已經是呆頭鵝了，再加上木頭人還得了！」

「跳房子，跟地板親嘴嘴的滋味好棒喲！」

「哎！只要是遊戲，什麼都可以！」

「對，最好不要上課，玩遊戲就好。」

「咦！如果把上課當作是在遊戲，那不是很好嗎？」我問小朋友。

「那怎麼行！上課是遊戲，那遊戲又是什麼？」

「遊戲就是上課呀！」我說。

「那樣可能很糟糕，上課時大家都當作遊戲在玩，上完課就忘記了。」

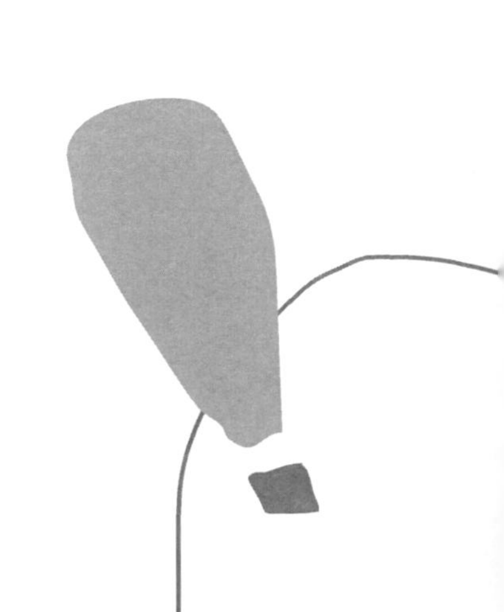

「怎麼會？除非你在打瞌睡！不然上課有趣又有『笑』果，一定更容易吸收。」

「對呀！遊戲是一位頑皮的小孩，當我在打瞌睡時，他搖醒我，拉開我重重的眼皮，一起去玩。」

「不是啦！遊戲是一塊糖果，我吃了一塊，讀不下書，再吃一塊，寫不下功課。」

「誰叫你玩瘋了？你只要玩出樂趣就行啦！」有人接口說。

「要玩出樂趣還不簡單，先準備一個大『樂』字，玩到高興時丟出來不就是了？」

我聽著小朋友的意見，準備讓他們設計一個遊戲：「這裡有一些鐵環，請你用它們設計遊戲，可以一個人玩，兩、三個人玩，甚至大家一起玩。」

場地上呈現出各種畫面，有人把鐵環套在身上做呼拉圈運動，有人把鐵環擺在地上跳房子，另一批人舉著鐵環玩跳火圈，最妙的是，有人竟然把鐵環掛在雙耳上，搖搖擺擺的扭起腰來！大家都在自己設計的遊戲中痛快的叫喊，而當所有的鐵環都累了，躺在地上靜靜睡著，小朋友的詩心卻開始萌芽了……

「上課像鐵環，套住了我們的心，噹！下課鐘響了，哇！一顆顆被套住的心，立刻跟著笑聲玩在一起。」黃楓璇說。

「鐵環最頑皮，東跑跑、西跑跑，我一生氣，拍了它一下，哎呀！它卻向我抗議，離家出走啦！」徐仁杰抱怨著。

高敏魁的話像首歌：「小手輕輕的推，鐵環快快的滾，滾呀！滾呀！快樂的心情滾了進去，歡唱的笑聲滾了出來。」

「圓圓的鐵環在我腳下滾，大大的加油聲在我耳朵裡滾，我的心卻在漫畫上滾，最後是，成功滾進別人的手裡。」黃小芬紅著臉，很覺悟的口氣。

「一圈、二圈、三圈，鐵環滾動著我的心，瞧！汗珠也跑出來，一起玩遊戲，哎呀！我的心被融化了。」吳妍儀邊擦汗邊說。

王綉雯也回答著：「快樂滾進來，刺激滾進來，興奮滾進來，害怕滾進來。哇——我要玩，快點快點！」

「寫兒童詩之前，先設計一個配合主題的遊戲來玩，你認為如何？」我問小朋友。

「如果主題配合得很好，這個遊戲一定很有內容。」

「這個主意棒極了！可以激發想像力。」

「會引出靈感來，對主題也有更深的印象。」

「才怪哩！我玩過以後，就把剛想到的內容忘光了。」

「就是嘛！玩完以後，心都飛了，還寫什麼兒童詩？」

「我累得只想睡覺了！」小朋友毫不隱諱的說。

我告訴大家：「玩遊戲也是上課，從遊戲當中體會觀察，可以充實自己的經驗，激發想像力。只要玩出樂趣來，一定會有深刻印象，對兒童詩創作是有幫助的，因此，如果上課是遊戲……」

如果上課是遊戲
擦子會擦掉我們的煩惱
鉛筆會畫出我們的笑臉
如果上課是遊戲
心就不會跑到田裡玩
眼睛就不會望著遠方的家
老師的叮嚀
是一首輕快的歌

我們是一個個跳躍的音符
叮叮噹噹
咚咚鏘鏘
跳呀 跳呀
跳出了快樂
我們將會忘記
什麼叫做星期天

高啟峰說完，對我笑一笑，在他的笑容裡，我看到了快樂的星期天。

遊戲活動　你也做做看

- 想想看，遊戲是什麼？
- 上課和遊戲能不能成為好朋友？為什麼？
- 請利用廢棄物，設計一個簡單有創意的遊戲，並與同學或家人分享。
- 請將玩過遊戲後的感受，寫成一首詩。

版權所有——談仿作抄襲

開場白——他的感覺

「老師你看，這首詩好像有人寫過了！」

「什麼詩？」「我看！我看！」

大家爭著要看，於是，有個小朋友索性朗讀一遍：

春天是個指揮家

他走上指揮台

花兒都張開嘴巴唱歌
唱給人們聽

「抄的！」
「不對，只是有點像！」
「仿作的啦！」小朋友嘰喳成一團。

腦力激盪——我有話要說

「模仿對創作有幫助嗎？」
「有哇！讓不會寫詩的腦子先暖身一下。」
「仿作就像練習照樣造句，

畫：欒文文

有幫助哇！」

「那可不一定，仿作可以增加修辭的技巧，卻不會增加創造力，因為句型都固定了嘛！」

「我認為偶爾仿作有利於創作，但如果時常仿作，乾脆去當模仿國的國王算了！」

「模仿會使人離不開原作者的陰影，一直照那個形式寫，就不會有新的突破了。」

「仿作雖然不是很好，卻比抄襲好多了。」

「抄襲和仿作有什麼不同嗎？」我問。

「抄襲是連半個字，甚至一撇都不放過，仿作是把人家的作品『替換語詞』。」

「嗯，有道理，比方說：『春天是冬天的影子，冬天一走過，影子卻留了下來。』如果將它這樣寫：『皺紋是歲月的腳印，歲月一走過，皺紋卻留了下來。』就算是仿作。」我補充說明。

「抄襲是影印機。」

「仿作是改編的，偷工減料。」

「一個是鏡子，一個是素描。」

「抄襲完全沒用腦筋，仿作用了一點腦筋。」

「抄襲是老鼠，仿作是蟑螂，都會使人『哇哇叫』！」這個有創意的說法，讓我們換了一個話題。

「嗯，寫不出來就算了，何必抄呢？」

「標準的『抄』人！」

「他們是『不小心』才抄襲、模仿的嗎？」我問。

「才不哩！根本是懶得動腦筋想。」

「也可能是睡眠不足、時間緊迫、靈感低潮，偏偏老師還要他寫，只好『青青菜菜』拿別人的來抄嘍！」

「記性太好的關係吧！看到好作品印象很深刻，偏偏又『意難忘』，自然而然『卡想也是伊』了。」

「仿作的人或許是這樣想，但他也只是仿一兩句或有相同的想像，可是整首都抄人家的怎麼可以？」

「也許是他們喜歡替別人的作品做宣傳。」

「嘿！要是有人抄我的作品我會很高興，終於有人會欣賞我的詩了。」這話引起很多反彈：「你昏頭了！」

「有毛病啊！」

「生氣都來不及了，還高興什麼？」

我又問：「憑良心說，你們曾經抄襲或仿作別人的作品嗎？不管有沒有，你的感覺怎麼樣？」

「我仿作人家的作品時，覺得很不安。」

「抄的時候很快樂，因為一下子就交差了，但是寫完後覺得自己沒良心，很後悔。」

「哎呀！最糗的是我啦！仿作發表後，有人告訴我這已經是抄第

畫：徐仁杰

五版的『山寨版』了。」

「哇！被抄爛了！」

「我一點困擾也沒有，因為我對抄襲和仿作一點興趣都沒有。」

「我每次寫作都自己動腦筋，不但思想活潑，作品也新潮起來，棒呆了！」

「有一次，同學說我有一篇作品是模仿別人的，讓我很生氣。可是，他把另外那篇作品拿給大家看，果然和我的很像，我也弄不清怎麼會有這種事。」這個小朋友很委屈的樣子。

「你大概是『不小心』的吧！」

「才不是，我根本沒看過另外那篇作品！」

「這叫做『英雄所見略同』，表示你跟那個人一樣有智慧。」我的安慰仍不能使他放心，他又問了一句：「那我這樣還算是仿作嗎？」

「嗯，算『巧合』好不好？」

他吁出長長一口氣，輕鬆了。

「這樣吧，我們每個人都給抄襲、仿作的人一句良心的建議。」我說。

於是，一句句忠告就出現了：

「回頭是岸。」

「小心你仿作的詩跑進夢中，做惡夢！」

「求求你們，饒了我們的兒童詩吧！」

「朋友，多用腦筋吧！」

「抄襲和仿作只會增加你被羞辱的機會。」

「抄襲者，讓我們勇敢的說：『不！』」

「老師，你要對那些人說什麼呢？」小朋友問。

「抄襲是絕對不可以的，至於仿作，也只能偶爾當做練習，不可以拿來發表。不管是不是有意仿作，既然知道有別人這麼寫過了，就要避免與人雷同，避免的方法就是捨棄傳統、平常的聯想思考模式，尋求創新。因此，聰明的孩子要注意——版權所有……」

「翻印必究！」小朋友眉開眼笑的說。

遊戲活動 你也做做看

- 請挑一首自己最欣賞的兒童詩，並以此為題材，完成下列步驟：①抄一遍；②仿作一首；③創作一首。
- 比較這三個步驟，說出你的感覺。
- 把成果展示給大家看。

替兒童詩打分數——談鑑賞

開場白——他的感覺

教室裡，小朋友正在閱讀課外書，忽然傳出一陣嘰喳聲：「老師，他發現了一首詩。」

「真的！這首『回憶啊，六年真是難忘』寫畢業的情感細膩深刻，可以給一百分喔！」小朋友像發現寶物般興奮。

兒童詩也能打分數嗎？怎麼評分呢？

腦力激盪——我有話要說

「什麼樣的詩，你會給它一百分呢？」我問小朋友。

「讓人感動，久久不忘的詩。」

「能上報的。」

「只要具備情意、趣味和想像豐富，我一定打一百分，因為這三個是兒童詩的三要素。」

「我選的是下筆快、思想狠、題目準的。」

「要詩中有畫，畫中有詩，讓人的心跟著詩走。」

我笑笑再問：「通常你讀兒童詩時，會先注意什麼？」

「題目！因為題目是否『活』，和作品有極大關係。」

「看這首詩有沒有，或如何使用『擬人法』。」

「我會注意詩的想像，想像力不夠就沒有『致命的吸引力』。」

「嘿，我們不要紙上談兵，找兩首詩來討論吧！」我的提議讓小朋友眼睛一亮，立刻掀起提名熱潮：「這首不錯！」「這首比較好講。」「討論我寫的這首嘛！」

話聲中黑板上出現了欒文文的〈把春天串成……〉：

大地把春天串成了
清晨的露水
送給可愛美麗的幼鳥
使他們不再口渴
陽光把春天串成了
農夫的汗水
送給眉開眼笑的種子
使他們快快長大
啦 啦 啦 啦
我們就是春天

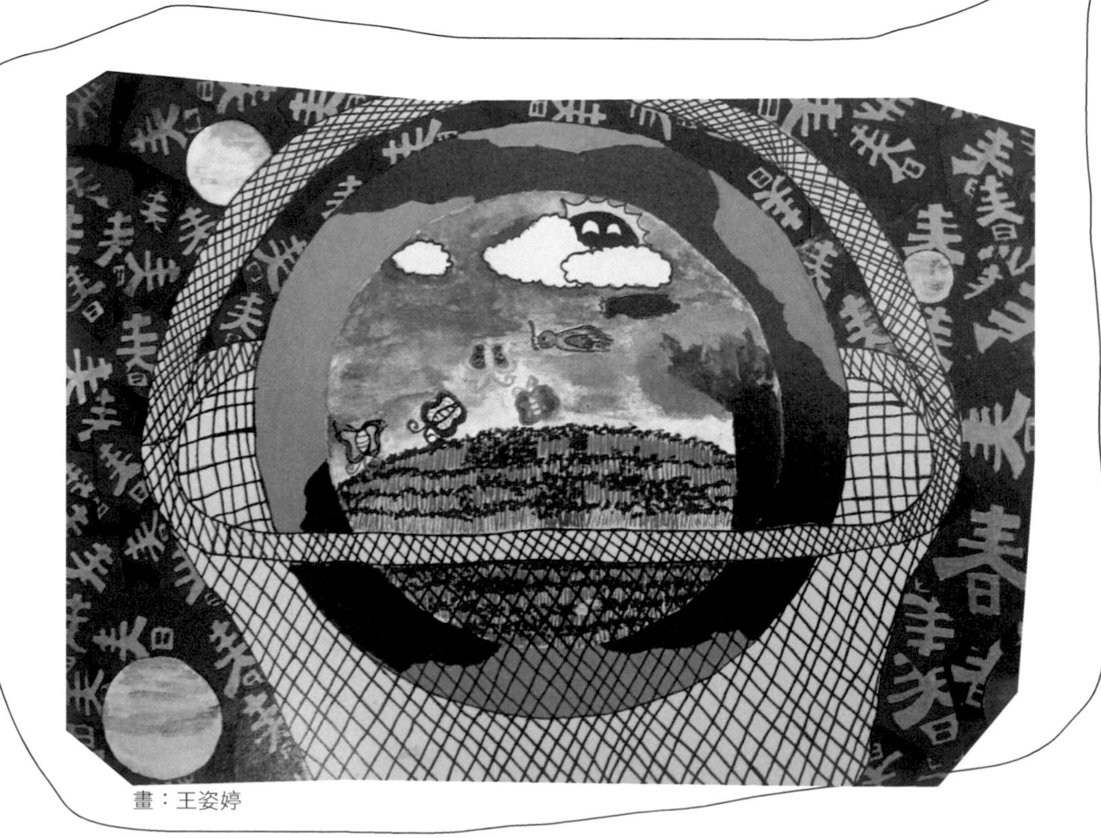

畫：王姿婷

天空把春天串成了
軟軟的棉花糖
擺在活潑熱情的胸前
想得到人們的讚嘆
我把春天串成了
無數的笑顏
貼在充滿喜悅的心田
使自己永遠快樂
啦 啦 啦 啦
我們就是春天

「唉，作者不是我！」

「嗯，題目訂得很活。」

「作者一開始就說出是誰串成春天，而且用擬人法，讓大地、陽光、天空和自己都去串春天送給大家，又比喻自己就是春天，很親切！」

「把春天的圖畫擺進詩裡，可見作者心中充滿快樂。他也把春天和人們的關係表現出來，『春天為我們帶來新希望』是全詩的主旨。」

「整首詩不斷重複『把春天串成……』，也是很妙的方法！」

「那叫做『類疊法』！」有人插嘴。

「這是四種不同的景象，應該算是『排比法』，作者在寫這首詩時一定觀察了很久，那一句『我們就是春天』讓詩句更完美了！」

「『把春天串成……』這個句子讓人看了就會想：春天怎麼串？為什麼要串？真有意思。」

「『貼在充滿喜悅的心田』這句也很好，讓春天顯得更神秘，而『我們就是春天』這句很絕，天馬行空的想像力真是帥呆了！」

「可是，把雲當棉花糖是很多人常用的比喻，如果改用別的應該會更好。」

「我有一個感想！」大大的嗓門讓大家都停下來聽：「原來，春天是大家的搶手貨，我要拍賣春天！」

「哈哈……」笑聲中，我問：「這首詩要打幾分？」「一百分！」

如雷的掌聲中蕭鳳怡的〈六歲〉出現了：

我現在什麼都不要了
我只要六歲
六歲
六歲到底是怎樣的
爸爸 爸爸
你怎麼老是說
等我六歲了
再買一個書桌給我
一張小床送我
爸爸 爸爸
為什麼總是說
等我六歲了
再買一輛腳踏車給我

一架叮叮噹噹的鋼琴給我
爸爸　爸爸
你什麼都說
等我六歲了再買給我
爸爸　爸爸
六歲是什麼

「它敘述作者對六歲的心情，是摹寫法。」

「它把每個小孩對六歲的好奇和期待描寫得很生動，也表現出六歲小孩心中擁有的夢想，及爸爸對孩子的疼愛。」

「這首詩主要在告訴我們，成長是多麼令人興奮的事。」

「『六歲是什麼』，這句子不斷出現，問出小孩子的懷疑和希望，很有震撼性。」

「『我什麼都不要了，我只要六歲』，這兩句將童心表露無遺，也把對六歲的憧憬發揮得淋漓盡致，太棒了！」

「那句『爸爸，你什麼都說等我六歲了再買給我』，把小孩子的不耐煩寫得很傳神。」

「我認為，小孩子愛買東西和父親推卸責任的心理都很嚴重，尤其大人總是敷衍小孩子！」這個驚人之語引來很多人點頭稱是：「應該請大人讀一讀這首詩！」

「嗯！有道理。像你們這樣，不但可以發現別人作品的優缺點，也可以了解詩中要傳達的訊息，這種鑑賞方法和態度也可以打一百分！」我給他們一個愛的鼓勵。

遊戲活動 你也做做看

- 讀一首詩時，你最先注意什麼？為什麼？
- 讀完一首詩時，你心裡會有什麼感覺？為什麼？
- 你比較喜歡輕鬆愉快還是感受深刻的詩？為什麼？
- 找一首你認為最值得鑑賞的兒童詩，再寫篇心得發表。

我們想的不一樣——談創意

開場白——他的感覺

「冬天，北風在午後的窗口吹笛子。」陳保蓉邊說邊把教室的窗戶關起來。

小朋友用詩的筆素描冬天，高敏魁替冬天講話：

冬天踩過的腳印
留下深刻的雪花
冬天爬過的山巒

留下淒冷的寒風
冬天 冬天
你走過的學校
留下快樂的寒假

可是，冬天到底在哪裡呢？黃耀明認為：

冬天的新家在冰棒中
我打開冰箱
拿出冰棒
一咬下去
哇
滿口都是冬天的味道

這兩個小朋友分別從共同的感覺

畫：黃耀明

中，領會出特別的想法，是一種創意的表現。

腦力激盪——我有話要說

「老師，創意是什麼？很難嗎？」

「你說呢？」我反問。

「創意就是兒童詩的媽媽。」

乍聽這句話，我們都笑了，不過這樣說還真有道理！

「創意是關在『心牢』裡的人，想找他嗎？那很難喔！除非你能得到開牢房的鑰匙。」

「創意是天真的想法，是小孩腦子裡的奇特魔力，但得知道念什麼術語才行。」

「其實，創意就是『瘋狂的幻想』，你只要保持在瘋狂的狀態，自然就有創意啦！」這話引出另一個看法：「創意就是你發明出來的新意思，它像個攪拌器，常把我搞得頭昏腦脹。」

「創意就是新的構想，也是詩中的小精靈，只要能夠幻想，你就能捉住這個精靈。」

「唉！我覺得它像鯊魚，鯊魚是好抓的嗎？要非常用心想才行啊！」

「告訴你，生活中的任何物品都能勾起人們的創意，所以你的心要跟生活中的一點一滴一起飛翔，經常異想天開，你就會有創意了。」喔！這小朋友儼然是前輩口吻。

「還有一招！趴在桌上眼睛閉起來，和周公做朋友，因為周公的故事都很有創意，你一定會有收穫！」

「我也有一套：『聽、看、想、寫』。平日仔細觀察，把事物記在腦裡，用童心去想『？』和『！』，你就會得到很多創意。」哇，這小朋友很有概念喔！

「這些招數對我都行不通！我媽媽只要一看到我在發呆就緊張了，叫我要讀書哇！努力用功啊！唉！媽媽好心的叮嚀卻使我少了很多幻想。」

「那沒什麼，最怕的是周圍吵吵鬧鬧的，不管小精靈或周公，都不會來找你，就算是鯊魚也早嚇跑了！」

「最頭大的是當我有新點子後，別人竟然說我『神經』，還取笑我怎麼有這種怪點子！」

「那不好！我會說：『哇！你的想像真豐富！原來這個事物可以想成這種點子！』彼此互相鼓勵，才能再有新的創意出現嘛！」這段話得到我們一致的掌聲。

「是不是跟人家不一樣就是有創意呀？」一個小朋友似懂非懂的問。

「創意不等於『不一樣』，創意是很新奇的，例如寫兒童詩，即使內容和別人不一樣，如果平淡無奇，也不算有創意。」

「對！要有獨到的見解和表達方式，以及新奇的詞句，還要有畫龍點睛的特色。」

「寫兒童詩也要有創意嗎？」

「那當然！寫兒童詩如果缺少創意，就像飯菜沒有加調味料，令人難以下嚥。」

「兒童詩要有創意才有受人欣賞的機率，創意能掌握住讀者的眼睛。」

「噢！你是說，讀到一首有創意的兒童詩，你的眼珠子會掉出來？」我的話惹出一陣大笑。

「我是說讀一百遍也沒關係，因為點子新句子又獨特，看多少遍也不厭倦，而且，有創意的兒童詩感覺很新鮮，如果『煮湯喝』，更能品嘗出味道來。」

「說得真好！小朋友，你們認為想像、觀察、體驗、思考這四項，哪一個對兒童詩的創意影響最大呢？」我又提出一個問題。

「想像最重要，有想像才能烹調出創意的香氣。」

「體驗的影響最大，因為創意就藏在生活中，不斷的跑出來。」

「可是，要有深刻的觀察，想像才能獨特，體驗才會豐富，才有對事物細微的描寫呀！」

「嘿！別忘了，只有思考才能集合另外那三種，要把腦筋想『壞』了才能創作呀！」

「哈！我知道了，創意是一盤菜，想像、觀察、體驗和思考就如同油、鹽、醬、醋，在菜中一樣都不能少！」

「那麼，我請大家嚐嚐兩盤菜，品味一下它們的不同。」

黑板上，我展示了這兩首詩：

開夜車（一）／陳世憲

叭 叭 叭

糟糕 十點了

衝呀

衝呀

衝進課本的問題裡

把問題啃完

叭

哇 不得了

不得了

我的車子撞上周公了

開夜車（二）／邱德鋌

老師說

今天晚上要寫完評量作業

哎呀

只好開夜車了

陣陣睡意吹動了我

眼皮有如鉛球般下垂

我的夜車也開始搖晃了

畫：邱德鋌

搖搖晃晃………

搖搖晃晃………

哇

夜車撞上老師的棍子啦

遊戲活動

你也做做看

- 請寫出一段富有「「致命吸引力」」的廣告詞。
- 想想看，你在日常生活中有哪些創意的表現？
- 請把自己的名字設計成一幅圖畫。
- 以「冬天」為主題，寫一首富有創意的兒童詩。

七嘴八舌——談集體創作

開場白——他的感覺

慶生會，大家玩起「兒童詩接龍」的遊戲，我指著生日蛋糕宣佈今天的主題。

「一層層的奶油，孕育著一聲聲的祝福。」

「一根根的蠟燭，點燃了無限的希望。」

「堆積如山的喜悅，散播在每個人的心中。」

「一年裡，美好的這一刻，是永遠的回憶。」

大家正談得起勁，突然有個小朋友舉手站了起來：「老師，吃蛋糕哇！趁著兒童詩還躲在裡面。」

在一陣笑聲中，我們吃下了有兒童詩味道的蛋糕。

腦力激盪——我有話要說

有兒童詩味道的蛋糕在我們肚子裡發酵，小朋友時常提起那首「蛋糕詩」，顯然七嘴八舌的共同完成一首兒童詩，要比一個人絞盡腦汁的創作更新鮮有趣些。

我問大家：「共同創作和分組集體創作有什麼不同呢？」

「我知道！就像一個蛋糕分給全班同學吃，和分給四、五個同學吃，得到的結果自然大不相同嘍！」

「才怪咧！這樣的結果只有一個，就是蛋糕被吃光了！」

妙喻趣答，是創作前的最佳暖身活動。

「應該是這樣說吧！全班共同做一個蛋糕，和四、五個人合作一個蛋糕……」

「結果是都有蛋糕！」

「那可不見得，全班一起做一定要師傅教，否則可能沒蛋糕吃；四、五個人做蛋糕，大家都是高手……」

「對，大家都是高手！」我搶了個機會插進去：「所以自己去討論、創作，首先要分組，最少兩人，最多四、五個人一組。」話才說完，小朋友像春天的蝴蝶般嬉鬧的飛舞在教室中，等大夥兒坐好，我再補充說明：「創作時，可以你寫一句我接一句，邊寫邊討論修改，如果先討論好後，分配給每人負責寫哪些段落再組合起來，也是一種方法，或是你一言我一語的寫完每個句子。別忘了，要把你們的『蛋糕』做大一點！」

「老師，蛋糕上要寫生日快樂嗎？」小朋友促狹的問，我才想到：「生日剛過完，我看以『喝喜酒』為主題吧！」

梭巡在小朋友座位間，我聆聽、觀看他們認真的思考討論，字跡塗塗抹抹的，為一個意念再三修正。

「結婚是快樂的日子……」

「那還用說！要想點特別的。」

「那……，把幸福和快樂……寫……」

「貼！」

「印啦！」

「印在熱鬧的喜帖上。」

「喜帖怎麼熱鬧哇？」

「印在熱鬧的喜宴上！」

「喜宴！哈哈……」

小朋友的話聲、笑聲，在空氣中不斷碰撞，也碰撞出彼此的創意點子。

我看了看他們的作品，忍不住脫口而出：「真是三個臭皮匠。」

「哈哈！勝過你這個諸葛亮。」小朋友樂不可支的回了一句，並且興沖沖的念著他們共同的結晶：

婚禮的祝福／張容蓉、陳慧純、高啓峰

喔　哇啊　結婚　結婚

把快樂的心　幸福的心

印在熱鬧的喜宴

在喜宴裡
會喝酒的人喝下賀卡上的字
永——結——同——心

結婚　結婚
把新郎的笑容　新娘的笑容
印在熱鬧的喜宴
在喜宴裡
會唱歌的人唱出衷心的祝福
白——頭——偕——老

結婚　結婚
是一本讀不完的書
在喜宴裡
愛讀書的人讀出書本上的字

畫：孫翠霞

永——浴——愛——河

你看哪
結婚把紅酒塗在新娘的臉龐
一下子 新娘好美麗
結婚把微笑掛在新郎的嘴角
一下子 新郎好英俊
你看哪
一隻隻的鳥兒飛奔向藍天
愛的喜氣
洋洋的在牠們的翅膀中發散
新郎 新娘
就像一對鴛鴦游向
春風 綠草 陽光 白雲
築成的窩

啊 結婚
許多的祝福 許多的笑聲
讓一對新人
永結同心 白頭偕老 永浴愛河

「嗯，這首詩應該到喜宴上朗誦，寫得真好！」
「放心吧！等你結婚時，我們會去為你朗誦的。」小朋友互相調侃。
我問他們：「跟別人共同創作兒童詩，你的感覺如何？」
「很好玩，邊說邊笑，而且意見多，大家的想像力拼在一起，內容自然豐富。」
「我一點也不喜歡，他們想出來的詩都是一連串的，我想出來的句子都被搶走了！」
「我覺得很不自由，有時我想的句子別人搖頭說不好，真是洩氣！」
「除了這些，你們還遇到什麼困擾？又怎樣處理呢？」
「意見不同的時候最麻煩，吵嘴是行不通的，往往要投票表決，不然就是『文字大融合』，把大家的意見湊起來。」
「還有更麻煩的，就是容易寫得文不對題，要有一個智商好的人來設法修改。」

畫：董修身

「那麼，要如何進行集體創作呢？你認為怎樣的過程才能順利的完成作品呢？」我請小朋友自己做個結論。

「讓有靈感的人先寫，再由其他人想下面的句子，想到最後，一首詩就出來了。」

「以一個人為主，另外的人在旁邊提供意見或幫忙修改，完成之後，再把它修飾得更好。」

「我們這組的方法是：①各提出意見再共同

表決；②儘量接受他人意見；③意見都很好時就融合意見；④討論完再看合不合理；⑤合理的才下筆完成。」

「我們創作的過程是這樣的：找個好地方→邊說邊笑→開始努力思考→想到一句寫一句→共同討論→埋頭苦幹→不是詩的句子改成詩的句子→再改成大家都滿意的詩→交給老師。」這個小朋友把他們集體創作的過程寫在黑板上，說得詳細清楚，博得大家熱烈的掌聲。

遊戲活動　你也做做看

- 談談跟別人合作的經驗。
- 請跟同學或家人一起玩「兒童詩接龍」遊戲。
- 請與三五好友以「歡送畢業生」或「畢業感懷」為題，集體創作一首兒童詩。

換換口味——談題材

開場白——他的感覺

小朋友在教室鬧成一團，我問：「怎麼回事？」

小朋友看到我，自動散開，於是我看見一張憂愁的臉，溼溼的。

小朋友說：「老師，小玉打破了彥翔的鏡子！」

「我只說要她賠個鏡子，她就哭得淅瀝嘩啦的！」彥翔委屈的說。

「哈哈！我想到了。」這麼突然的聲音，把大家的注意力也「打破」了！

「你想到什麼？」我問。

「天空是一面鏡子
天空破了
太陽撞出來了

小河是一面鏡子
小河破了
小魚跳出來了

我的心是一面鏡子
我的心破了
珍珠滾出來了

打破了鏡子
我看到了另一種
風景

小玉的情形就是這樣——鏡子破了嘛！」品旭興奮的說。

「哇，小玉變成風景了！」

「珍珠比鏡子值錢哩！」

「就是嘛！不用賠了啦！」小朋友七嘴八舌的逗笑了那兩張臉。

「老師，我這首詩不錯吧！」

腦力激盪——我有話要說

「嗯！你選擇了最恰當的題材，才會有生動的表現。」

「老師，題材是什麼？是不是寫詩的題目？」

「題材是寫詩的材料，例如小朋友喜歡寫跟媽媽有關的內容，媽媽就是常見的兒童詩題材。另外像家庭、動植物、大自然、學校、童年等，也常出現在小朋友的詩裡。」

「我喜歡用動物做題材，動物的習性各不相同，利用牠們的習性來寫最好。」

「我把自然萬物都儲存在小小的本子上，也鎖住所有的回憶。」

「我喜歡寫廟會這種題材，而且會寫得有趣一點，因為我比較幽默嘛！」

「我覺得常常寫的詩比較好發揮，因為已經熟悉了，不會感到困難。」

「其實不常寫的題材最好發揮，因為不常看到，正好無拘無束的放開來寫。」

「那麼，你們通常都怎樣選擇題材呢？」我問。

「日常生活中處處留意新鮮的事物，就能發現新題材。」

「我從親身體驗中找題材，眼睛看到的，耳朵聽到的，鼻子聞到的，都可以當作題材。」

「還要到處走走看看，像個大偵探似的探索，連發呆都能想出題材哩！」

「可是我經常不知道要寫什麼才好！」一個抱怨的聲音響起。

我乘機問：「對！為什麼會有找不到題材的困擾呢？」

「可能是沒有仔細觀察四周一切事物吧！」

「不對！不對！是因為腦中的物品都有人寫過了。」

「容易的題材大家都寫得很多了，難寫的題材又不想去碰！」

「也許腦子裡裝的都是記憶，不是思想，所以沒法子想出新題材。」

「不會吧！是題材太多又太新，不知道挑哪一個。」

「兒童詩的題材飛翔在各地，如果錯過時機，題材就會消失得無影無蹤。」

「噯！怕什麼？找不到題材就去和別人天南地北的聊個盡興，交換點子，再不就集體創作呀！」

「我會努力思考觀察，甚至連螞蟻窩都不放過。」

「我想還是先靜下心看看報紙雜誌，聽聽音樂，或是閱讀別人的作品。如果因為想不到好題材就隨便寫，那還不如不寫。」

「咦！老師，題材有好壞的分別嗎？」

「比較正確的說法是『熟悉的題材』和『陌生的題材』，你們會如何處理這兩種題材呢？」我引導小朋友去思索。

「熟悉的題材一定有很多人寫過了。」

「而且寫太多遍了，能寫的都寫過了。」

「要針對別人想不到的地方下手，換個角度去想，才不會和別人的思想打結或相撞。」

「擴大聯想範圍，看看有沒有新鮮的想法可以表達？」

「對！要創新，要與眾不同，要比別人突出！」我附和他們，又問：「那對於陌生的題材，又為什麼會去嘗試？有什麼感覺呢？」

「要嘗試才有進步嘛！」

「我很好奇，也喜歡突破，嘗試一下，不管成功或失敗，都會得到滿足，也覺得有成就。」

「既然是陌生的，就要去嘗試，直到這題材熟悉了，詩才會寫得好。」

「我喜歡標新立異，寫兒童詩本來就要有求新的精神，才能寫出好作品，這樣的嘗試，每次都讓我有征服和快樂的感覺。」

「新的題材會讓我緊張，寫起來有喝酸辣湯的感覺，酸酸辣辣的。」這話引起一片「嘖！嘖！」聲。

「陌生的題材大都得借重別人的經驗……」

「哦！我知道了，這就是老師鼓勵我們多閱讀的原因。」

「那麼，詩的題材對作品是否出色有影響嗎？」我又「請教」小朋友。

「有關係呀！像郭義龍寫的〈車禍現場〉：

我看到了一口紅血
從在車禍中喪生的人吐出
血中的細胞飄到我的身上
穿進我的血管裡
細胞用力推進心臟裡
我的心臟跳得好快
糟糕，我不能呼吸了

這首詩題材很新，寫的內容也有創意，是很好的作品！」

「依我看，題材是沒什麼影響的，看鍾智明這首〈天空的習慣〉：

畫：鍾智明

天空有一個習慣
就是喜歡數鑽石
他怕別人
偷了他的鑽石
只好
在黑黑的夜裡
攤開亮晶晶的鑽石
偷偷的數著

天空這個題材很多人寫過，但是作者觀察敏銳，體驗豐富，思考深入，用辭巧妙，還是很有意思。」

「對！任何題材都能寫出好作品。同樣是魚，清蒸、紅燒、糖醋、煎、煮、炒、炸、燉，甚至生吃，換換口味，都能讓我們齒頰留香！」我下個結論，在笑聲中，小朋友又上了一堂有味道的課。

遊戲活動 你也做做看

- 老題材也能寫出新內容，關鍵在於什麼？
- 在日常生活中，哪一類題目比較好創作？
- 該如何尋找新題材呢？
- 請以「看風景」為題目，創作一首兒童詩。

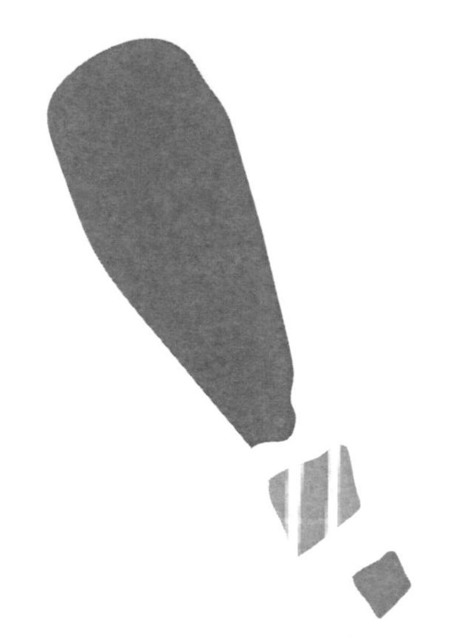

詩中有畫　畫中有詩——談詩畫

開場白——他的感覺

「老師，快來看！」小朋友在教室裡興奮的喊我，畫架上琳瑯滿目的作品，隨即吸引了我的眼光：「哇！不錯嘛！」

「我本來不知道完成以後會是什麼樣子，現在看起來真不賴呀！」

「老師，這種詩畫作品真新鮮，我好像成了古代才高八斗的文學家了呢！」

腦力激盪——我有話要說

「把一首情意動人的兒童詩，用色彩和線條畫出來，或是將一幅趣味橫生的兒童畫，用文字寫成兒童詩，不但能增加對詩與畫的感受，也是一種美妙的創作。」我邊看邊說：「你們覺得先寫詩再畫畫比較容易，還是先畫畫再寫詩比較容易？」

「先畫畫再寫詩！因為可以看畫來寫。」

「先寫詩再畫畫比較容易，因為可以照詩中的情境畫出一幅畫。」

「唉！還不是都一樣嗎？只是早晚的問題罷了。」

「誰說的？我覺得都不容易，左右為難，真想丟掉它！」

我笑笑，展示一張作品給他們看：「這幅『鹽水蜂炮』是林品仲在完成圖畫後意猶未盡，再寫了詩配上去的：

劈哩啪啦　劈哩啪啦

咻　咻　咻　咻

畫：林品仲

到處亂竄的蜂炮
穿著五光十色的戰袍
拖著長長亮亮的尾巴
尖銳的爆炸聲
就像一場星際戰爭

鹽水的蜂炮
讓我睡不著覺
我什麼都看不到
只看到一片金光
鹽水的蜂炮
讓我想起遙遠的星球

把詩和畫分開處理，同時呈現在一張畫紙上，便是詩畫的表現方法。」

畫：梁書瑗

「糟糕，我把詩寫到圖畫裡面去了！」

「也可以呀！但是詩的位置要經過細密設計，才不會破壞畫面。看梁書瑗這幅『苦瓜』：

苦瓜很愛哭
天天都哭得
淅瀝嘩啦的
把眼淚哭乾了
也把臉哭白了
他還是
讓淚珠掛在臉上
敘述一段段心事

這是詩寫好了後，再用漫畫式的畫法，把詩寫進苦瓜的嘴裡，讓文字成為構圖的一部分，這樣的安排也很生動巧妙。現在，你們知道古人說『詩中有畫，畫中有詩』的意思了嗎？」

「就是說詩裡有畫的情境和味道，畫裡有詩的內容和感覺呀！」

「詩寫得太好了，讀到詩就好像看到一幅畫；圖畫得太好了，像看到一首詩。」

「那麼，成功的詩畫作品應該是什麼模樣呢？」

「當然是要擁有完整、優良的詩，以及深淺分明、線條清楚的畫。」

「如果只看畫就察覺詩的主題內容，只看詩就知道畫的構圖選材，那就是成功的詩畫作品了！」

「對！你們的作品都很好，天真、生動、有創意、想像豐富……」我看著一朵朵笑容問：「在完成詩畫作品的過程中，你們曾遇到哪些困難？」

「寫詩時，可以把想像用文字表達出來，但畫畫就不一定能把文字改變成圖案。」

「我的麻煩是畫太搶眼了，反而把詩蓋下去了！」

「老師要我畫寫實的，可是我的詩都很漫畫，怎麼辦？」

「寫實畫或漫畫式各有特色，要能和詩配合才好。」我挑出另一幅二年級小朋友的作品：「如果像林品旭這首〈飛在空中〉：

有風的時候
我想飛

有翅膀的時候
我會飛起來

我飛的時候
風兒幫我梳頭髮
風在我肚子裡吹氣球
風在我耳朵邊唱歌
風兒親我的臉
風把白雲推過來跟我賽跑

畫：林品旭

小鳥來當啦啦隊
替我加油

我飛的時候
風很快樂
我也很快樂
我是快樂的小超人

詩中充滿豐富想像，現實的景物較不容易表達出這種天馬行空的創意，採用漫畫式的畫法顯然比較好處理。」

「老師，『知易行難』欸！」
「這話怎麼說？」
「看詩畫作品固然很愉快，但是詩畫就像一

個愛亂跑的小孩子，想捉也捉不到，創作起來真是難喔！」

「對嘛！路途坎坷，失敗數不盡哪！像我們五個人一起玩『詩畫拼圖』的遊戲，好不容易才完成了這幅作品，請大家多多指教。」

林彥甫一夥人面帶滿足又得意的笑容，在黑板上展示他們的集體創作〈洗髮精〉：

洗髮精坐著雲霄飛車
在我的頭髮上玩
沒想到車子出軌了
哇
雲霄飛車衝到
我的眼睛了

「喔！效果很好欸，下次我們也要試試看。」

「剛開始會很乏味，久了以

畫：林彥甫、王靜伊、郭泓緯、朱培菁、竇芝卿

後就漸漸能體會出樂趣，尤其創作完成後非常有成就感。」

「那麼，請各位『資深工作者』給菜鳥一些詩畫創作的建議吧！」我逗他們。

「要多想，充分發揮，但千萬不要草率的畫幾筆敷衍了事。」

「當詩寫得很好時別太得意，因為圖可能會畫不好。」

「光說不練假把戲，筆拿起來，大膽的開始吧！」我這樣一說，小朋友哈哈大笑，紛紛回到畫架前，尋找他們畫中的詩，詩中的畫……。

遊戲活動 你也做做看

- 請異想天開，用一句創意的話來表示詩和畫的關係。
- 請替你的兒童詩配幅畫。
- 請替你的畫寫首兒童詩。
- 請比較這兩種詩畫創作方法的異同。

我泥中有你，你泥中有我——談比擬

開場白——他的感覺

小朋友剛看完一齣戲，興致高昂的談論著：「花演得真像！」

「我看他的頭一直點、一直點，正想去接住，誰知道他就滾下來了！」

「哈哈！笑死人了，他真的就變成那朵花了！」

「對呀！他就是那朵花！」

我問小朋友：「你們演什麼呀？」

一陣嘻笑聲轟然響起：「王志祥的——花：

花剛擠好果汁
蝴蝶　蜜蜂
立刻把果汁喝光
花很氣
越氣越老
到最後
頭就垂下來了。」

腦力激盪——我有話要說

把兒童詩表演成戲劇，這點子不錯喔！我提醒他們：「王志祥這首詩是用什麼方法寫的？」

「擬人化！」很有把握的回答。

「擬人化只是比擬的一種，如果能活用比擬，可以使抽象的感覺變成具體的意象，所要描寫的事物也會因為有適當貼切的比擬，鮮活生動的展現出來。」

有人急切的問：「老師，什麼是比擬？」

問得好！我先徵求小朋友的回答。

「拿一件事物的特徵來描寫，把它寫得擬人化一點就是了。」

「哎！比擬就是『什麼』跟『什麼』嘛！」

「舉個例子吧，大象和螞蟻等於宇宙和地球，這就是一種比擬呀！」

「好極了！比擬的方法很多，其中的『以物擬人』就是通常所說的擬人化……」

畫：曾憲華

「這個我會！鬧鐘像媽媽，扯著我的耳朵大吼。」

「筆記本是岳飛，我在他身上刺青。」

我逮到機會插進去：「胡茜靈寫的〈雨〉更不得了喔！

雲很愛哭
他習慣把眼淚先裝在水壺中
等到水壺滿了
再一次把水倒掉

像這樣，讓事物具備性情、感覺，有動態，有人的意象，就是『以物擬人』。至於『以人擬物』，就是使人跟物一般，有物的情態和形貌，大家看到王綉雯寫的〈媽媽的手〉：

媽媽的手
是清涼油

要是媽媽碰了我
我的煩惱
我的疼痛
馬上就不見了

這首詩藉清涼油給人的印象，表現出媽媽給孩子的感受。由於關心、安慰這些抽象的情感是不容易傳達的，比擬成清涼油就比較好捉摸了。」

「咦，我剛才那句倒過來就是了呀！媽媽是鬧鐘，扯著我的耳朵大吼！」

「弟弟像一題傷腦筋的數學題目！」

畫：胡茜靈

「爸爸是『出溼機』，回到家身體都濕答答的。」

「除了以物擬人、以人擬物以外，還有一種『以物擬物』，就是利用事物的共通性，將兩個原本不相關的事物結合在一起，產生另一種聯想，讓兩種事物有了新的情趣和生命，小朋友想想看，怎麼樣的詩句是以物擬物的呢？」

「燕子是個裁縫師，把大地裁成一幅多采多姿的畫。」

「老師的棍子是一把大關刀，一刀揮下，後悔也跟了下來。」

「染布坊用衣服當畫紙，練習畫畫。」

哎呀！說得真是美妙靈活，接著，我又展示另外一首詩：「這是高敏魁的〈零〉：

考試時
他跑進了我的試卷
買麵包時
他跳入甜甜圈裡
我不乖時

他游到我的眼睛
哇　變成淚水了

利用零的圓型特徵，跟生活中的其他事物結合起來，最後，淚水又和開頭的試卷互相呼應，這是很用心的比擬。」

「老師，有沒有『以人擬人』的寫法呢？」

「當然有哇！像洪紹恩寫的〈愛抓魚的警察〉：

警察是個好漁夫
撒下法網
把違規的魚捕起來
送到拍賣場
由法官來主持拍賣

這首詩掌握了警察和漁夫的特性，彼此互相轉換，就是以人擬人的寫法。」

「哦——」小朋友一臉恍然大悟的神情，我又問：「那麼，實景實寫和比擬想像的差別在哪裡呢？」

「簡單嘛！一個用眼拍攝，一個用腦打字；因為一個是用看的，一個是用想的。」

「實景實寫比較呆板，比擬想像比較生動活潑。」

「可是實景實寫要耐心毅力，跟素描一樣；比擬想像比較簡單，只要閉起眼睛想就可以了。」

「才不哩！比擬要活用想像，作品才能生動活潑，那很困難咧！」

「哎呀！這兩個就像鉛筆和橡皮擦，一個較容易寫下像石頭般的詩，一個較容易擦去現實中不可改變的事。」這個比擬讓我們佩服得拍手叫好。

「兒童詩要寫得動人，技巧原本就不止一種，有時多運用形容詞，也可以使兒童詩有感人的形象，只是不如比擬來得有韻味。因為比擬可以拉近人與人、人與物及物與物之間的距離，距離小了，感情自然容易營造出來，所以比擬就是——你泥中有我，我泥中有你。」

「好欸！」小朋友接口唱：「你儂我儂，忒煞情多……」快樂的兒童詩課程就在歌聲中劃下了休止符。

遊戲活動 **你也做做看**

- 收集你周圍人物的綽號，按照比擬的種類來分類。
- 請你將對親人的感覺，用比擬的方法來敘述。
- 以「玩泥巴」為主題，用比擬的方法創作一首兒童詩。

如歌的旋律——類疊和排比

開場白——他的感覺

看到我遠遠走來，小朋友像中了大獎似的喧鬧：「老師，你的詩欸！看不出來你也會寫兒童詩，好厲害喔！」

這是什麼話？我好笑的接過報紙，看到了〈秋天是想念的季節〉：

秋天
楓葉紅著臉

想念熊熊的夏陽

秋天
風箏揚起頭
想念淡淡的春風

秋天
溪水哼著歌
想念冷冷的冬月

秋天呵
是想念的季節
把遙遠的那個人
緊緊的嵌在我的心裡

畫：吳佩娟

「老師，你用了那麼多『想念』，是在想念誰呀？」

「嘻嘻！不告訴你！」我逗他們。

腦力激盪——我有話要說

「讓你們尋寶，看誰能發現這首詩中的奧妙！」

小朋友認真的閱讀這首詩，瞪大眼想看清每一個字。

「我看出來了！這首詩裡有很多相同的字詞，像秋天、想念、的。」

「還有很多疊字，像熊熊、淡淡、冷冷、緊緊。」

「那叫類疊法，很有名喔！」一個小朋友說。

「什麼是類疊？」很多人眼裡寫著問號。

「把相同的字詞或句子重複運用，如果是接連重複叫『疊』，像熊熊、淡淡就是疊字；如果是隔開來重複運用叫『類』，像秋天、想念就是類字，兩種合稱為類疊。」解

釋完，我再問：「只發現這些嗎？」

「還有，前面三段的寫法都差不多。」

「對，讀起來也有重複的感覺。」

「老師，這樣算不算類疊？」

「這叫做『排比』。」

「排比是什麼東西？」

我清清喉嚨說：「排比是把幾種不同意象的句子，有規律的連接或交換運用。」

「哇！真有學問。」

「可是我都聽不懂。」

「對呀！老師，什麼叫做意象？」

「意象就是景物在心中產生的形象，如淡淡的春風、熊熊的夏陽、冷冷的冬月，這些都是意象。」

「哇！老師這首詩把春夏秋冬一網打盡了。」

「這就是排比嗎？」

沒等我回答，又有小朋友搶著說：「『小河哼著歌，悠悠的流過；蝴蝶跳著舞，輕輕的飛過』，這兩句是排比嗎？」

「嗯！你說得很好。」

「原來排比就是照樣造句嘛！」

「是很像，不過在兒童詩中，排比的句子得有一個共同點來連貫，詩意才能統整。」

「喔！那『想念』就是老師這首詩的共同點嘍！」

「是的，最後一段也是在寫『想念』。再看看洪崇恩的〈爬山〉：

山的衣服
是用漂亮的花做成的
山的衣服
是用新鮮的草做成的
我去爬山
山送給我一朵花做帽子

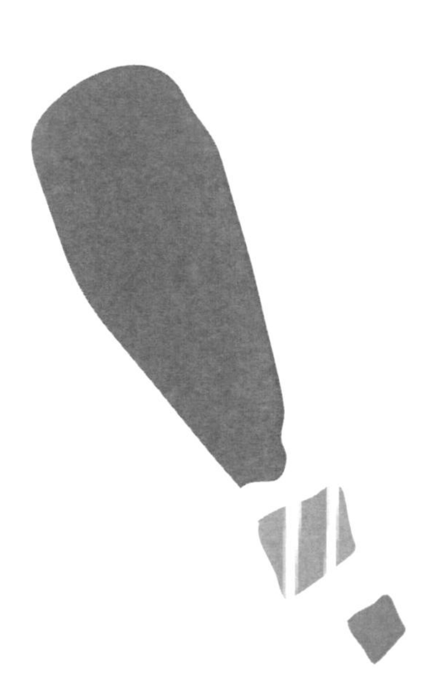

我不要
山送給我一片草做衣服
我不要
我收下了山給的
一顆快樂的心

詩中，漂亮的花、新鮮的草、花做的帽子及草做的衣服，都是不同的意象，但它們都屬於山，是山給的，這就使詩有了共同點，也引出最後那句『山給的一顆快樂的心』。」

「原來如此。」

「那這首詩也有類疊和排比囉？」

「沒錯！這首詩中，山的衣服、山送給我、我不要，是用類疊的方法；『山的衣服，是用……』兩句和『山送給我……我不要』兩句，是用排比的方法。」

「噢！我知道了！每個字都相同的語詞或句子就是類疊，只有句型相同，組成的字不完全一樣的就是排比。」有人找到了結論。

畫：黃雅琦

「我不會分，可是我寫兒童詩常常會像這樣，寫一些類疊、排比的句子。」

「是啊！我不會做菜，可是我吃起菜來比誰都行。」這話一說完又是一陣騷動，我乘機問：「類疊和排比的詩讓你有什麼感覺？」

「詩裡有重複的句子，讀起來就比較有味道。」

「我反而覺得那樣很單調，重複越多就越乏味！」

「其實，這樣寫才會讓讀者印象深刻，而且主題也更出色了。」

「都說得很對！我們看黃雅琦寫的〈心情〉：

無聊時
讓心情曬曬太陽
使心情舒暢快活
煩躁時
讓心情浸浸海水
使心情清涼透頂

快樂時
跟心情賽賽跑
啊 它掙脫我的手跑啦
等等我呀

最後兩行句型改了，語氣也變了，心情就跟著活潑了！」

「老師，疊字也很重要吧！像這首詩如果只寫『曬太陽、浸海水、賽跑』，感覺就不一樣了。」小朋友提醒我。

「的確，類疊的方法可以增強給人的感受，再配上排比的形式，使兒童詩美得像首歌，緩緩的在我們心中揚起……」

遊戲活動 你也做做看

- 平常我們唱的歌，歌詞形式是類疊多還是排比多？如何判斷？
- 請從高啟峰的〈春天跳出來了〉中找出類疊和排比的詩句：

春天從陽光裡
跳出來
春天從花朵裡
跳出來
春天從草地裡
跳出來
哇
春天也從我的心裡跳了出來

- 請以「山」或「海」為主題，用類疊和排比的方法創作一首兒童詩。

黑白配，男生女生配——談對比

開場白——他的感覺

上美勞課，窗外飄著小雨，孫啟原一邊要用粉彩紙設計紙窗造型，一邊還得為作品寫詩，只見他的「窗」上寫著：

窗

看著我上學

窗
看著我放學
窗
就是沒看到爸爸回家吃晚飯

「沒看到不見得就是沒回家呀！可能你爸爸回來時，窗戶正好睡著了！」

腦力激盪——我有話要說

「父子情深，你寫得很好欸！」我拍拍啟原，把話題轉開：「這首詩很有特色，是用對比的方

畫：李淑貞

法寫成的。」

「咦？怎麼這麼多比？數學只有正比、反比，兒童詩不但有比擬、排比，現在又多一個對比！」

「老師不要再比了啦！」

「是啊！比來比去，越比越糊塗！」

「好像很容易喔！」

我忍住笑，說：「對比就是——黑白配，男生女生配！」

「是不是要玩遊戲？」

「老師，你是說認真的嗎？」

「對比就是把兩種完全不同的事物相提並論，讓彼此相互襯托，例如黑與白、男生和女生，都是對比。」

「可是，這樣的對比太簡單了吧？」

「當然得要有豐富的情境來配合表現，像……」我還沒說完，小朋友已經想到了：

「『媽媽不笑的時候，冷冰冰的像一座山；媽媽笑的時候，就像水波一樣輕輕搖動。』老師，這是對比吧？」

「嗯，這是屬於剛和柔的對比。」

「那我想到的是什麼對比呢？」一個小女生接著說：「爸爸開朗的時候，就是晴天的白雲，我們一個個跟著白雲跑；爸爸發脾氣的時候，就是陰天的毛毛雨，我們一個個也躲不掉。」

「用晴天、陰天來表現，這該是明暗的對比嘍！」

「換我說了吧！『爺爺的歲月像雲霄飛車，一飛就過去了；我的歲月像時鐘，走來走去，好不容易才走一天。』」

「老師，我知道！這是快慢的對比。」

「沒錯，你很厲害！」我問小朋友：「你們還想到什麼對比呢？」

「我有了！」這樣興奮的宣布，引起一陣不小的騷動，說話的小朋友趕緊加上註腳：「我是說我想到動和靜的對比了，你們聽好：『上課時，我們像一群老虎困在動物園裡，逃不出痛苦；下課時，我們像一隻隻海鷗翱翔在天空中，尋找快樂。』」

大家報以熱烈的掌聲：「你說得真可愛！」

畫：黃于庭

「老師，我想到痛苦和快樂的對比了。」

「喔？這題材蠻特別的。」我給他一點鼓勵。

「忍耐！忍耐！唉！退稿了，眼淚爬進了眼睛裡；忍耐！忍耐！哇！中稿啦！快樂跳進了眼睛裡。」

這樣有感而發的心聲，讓我們也給予一陣掌聲

「老師，我這樣寫行不行？」黃于庭展示她的〈時鐘〉：

滴滴答

滴滴答

長針短針兩兄弟

手牽手去郊遊
長針弟弟
叫短針哥哥
快點來
不然看不到日出
短針哥哥
叫長針弟弟
慢點走
不然看不到日落

「這要算什麼的對比呢？」

我想了想：「哥哥和弟弟是對比，長針和短針也是對比，快點來、慢點走也是對比；日出和日落也是對比。」

談了這麼多，小朋友的手也沒空下來，他們正在作「窗」，一邊還要為自己的「窗」創作一首兒童詩，真忙！

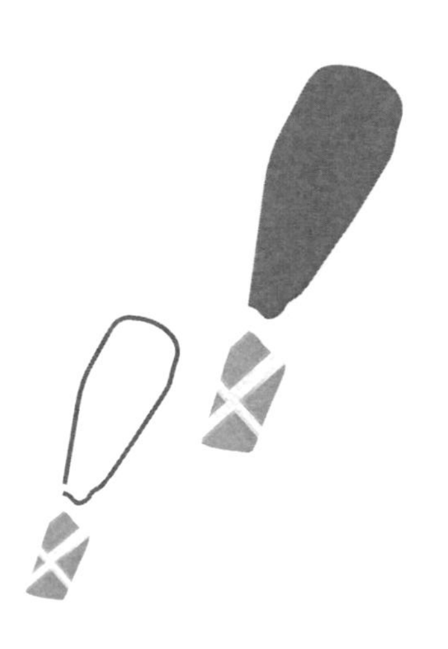

我提醒他們：「寫詩的時候，不妨運用各種對比方法來表現事物的特徵，也可以利用時間、空間、人物、情緒等的轉換，產生跟對比同樣的效果。像孫啟原那首詩就寫得不落俗套，上學放學是種對比，看得到和看不到也是對比，不過，由『看著』的期待到『看不到』的失望，這種情緒轉換也能有對比的感覺，值得嘗試。」

「唉！怎麼不早說呢？我都寫好了！」

「再修改一下嘛！」看著很多橡皮擦在大掃除，我這樣安慰他們，於是，一件件作品陸陸續續出爐了！

郭文惠的〈窗〉，在一收一放的對比中，冬天和春天就交班了，時空的轉換非常明快：

窗

把冬天收了起來

窗

把春天送給了大地

張育仁掌握人物的變化，由窗子在看風景寫到自己看風景，再由自己看風景轉換成窗子看風景，除了人與物的對比，也很技巧的應用「記下來」、「全忘了」的對比，這首〈窗子的記憶〉真有意思：

窗子看了十幾年的風景
我也看了十幾年的風景
我把看過的風景一一記下來
窗子卻把看過的風景
全都忘記了

而葉彥嬅的〈窗〉，嘗試了空間的轉換：

畫：張育仁

窗外的白雲
飄著　飄著
飄向藍藍的天空
窗外的小鳥
飛著　飛著
飛向青青的草原
窗內的我
想著　想著
想飛向青青的草原
想飄向藍藍的天空

窗的內外是對比，由窗外的白雲藍天、小鳥草原，轉換到窗內的自己，然後又回到窗外的草原天空，場景互換，空

畫：王靖潔

間就不同了。

小朋友聽完我的說明，喘了一口氣，幽默的說：「老師，你沒得比了吧！」

「這還用說，哈哈……」

遊戲活動 **你也做做看**

- 日常生活中，你發現的對比有哪些？
- 你認為對比可能產生怎樣的效果？
- 請畫幅漫畫來表現跟對比有關的俏皮話。
- 以「冷和熱」或「黑和白」等對比為主題，創作一首兒童詩。

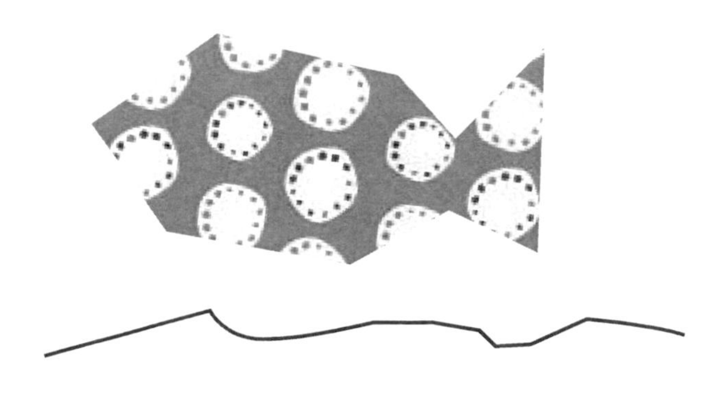

為什麼是愛迪生第二——談設問

開場白——他的感覺

「嘟嘟嘟，鳳山的火車就要開。」「往哪裡開？」「往高雄開！」

小朋友快樂的笑聲拉著我也去「坐火車」：「嘟嘟嘟，快樂的火車就要開！」

小朋友發現我，大聲問：「往哪裡開？」

「往兒童詩開！」

「哇！哪有這樣的？」「兒童詩怎麼是火車？」

「誰說不行！你們聽：『嘟嘟嘟，兒童詩的火車就要開。』」

「往哪裡開？」

「往……往……」

「哈哈！老師不會開了……」

我故意嘆口氣問：「往哪裡開呀？」

這群笑開來的臉蛋叫：「往心裡開！」

「不對！要往『為什麼』開。」

「這話怎麼說？」

腦力激盪——我有話要說

「因為我發現很多人寫兒童詩時，常會自言自語：『為什麼要訂這種題目？』『為什麼要寫兒童詩？』不是嗎？」

「不是這樣啦！我們要經常問『為什

畫：盧欣慧

麼』，才會注意觀察、仔細研究，對寫詩才有幫助！」

「而且我看過用發問法完成的詩，讀起來輕鬆有趣，很不錯哩！」

「噢！那叫『設問』，也是兒童詩中常見的創作方法，像蘇妙如寫的〈夕陽〉：

你為什麼紅了臉
是考試考不好
是賽跑摔一跤
是挨了老師一頓罵
是……
你一句話也不講
就跑回家
留下一個發呆的我

就問得很有趣，增添了作品的創意。」

「它的前幾句好像選擇題喔！如果我是夕陽，一定來個『以上皆非』！」

「八成喝醉了才臉紅，大家都這麼說的。」

我微笑著：「這就是蘇妙如厲害的地方嘛！問一個問題，讓讀者自己去想，有沒有正確的答案已經不是很重要了。」

「老師，答案不重要，那什麼才是重要的？」

「就是啊！問了問題卻又不注重答案，那為什麼要問呢？」

「如果讓你自己去想答案，你會想到什麼？」

「我想可能是他喜歡賣關子，或是他怕說出來被人家笑，再不然是他要人家把頭髮也想白了……很多呀！」

「對嘛！詩不一定要把想表現的完全寫出來，留一點空間讓讀者聯想，反而更吸引人，免得詩結束了，意思也完了。事實上，任何藝術創作最可貴的地方，是欣賞者也能從作品中得到啟發或引導，做更寬廣的想像，所以對兒童詩中的設問句，答案就不很重要了。」

「既然答案不重要，那問的人可能也不是為了想弄明白什麼事才問的囉？」

「對！我們常說不知道就要問，可是也有人是明知故問，又有人是為了引人注意才問，或是為了傳達自己心裡的想法而問，這在兒童詩中時常見到，請看王姿婷寫的〈春天〉：

是誰
吸著那甜甜的蜜汁
聞著那香香的花瓣
看著那五彩繽紛的花朵
哇
原來是
躲在花朵裡的春天哪

為了傳達『春天躲在花朵裡』這個意象，才有了『是誰』的設問。」

「可是老師，寫兒童詩一定要先問為什麼嗎？這首詩怎麼沒有這樣問？」

「通常，我們會藉一些問題來認清內心的感覺和想法，這些問題當然不一定是問『為什麼』，也可以是別種問法。」

「那也可倒過來，把問句放在詩的最後嗎？」

「說得對！設問的句子放在詩的開頭，可以引起讀者的注意，讓詩更有吸引力，但這並不是設問的唯一形式，各位看看欒文文寫的〈釣魚〉：

魚
把喜悅的心
送給魚竿的主人
卻把
撕裂嘴的痛苦
留給自己
魚啊
你是耶穌嗎

畫：陳良哲

把問句擺在詩的最後，引導讀者去咀嚼、沉思，不但加深印象，也延續了詩的意趣，比放在開頭更有效哩！」

「原來如此。」

「我們再看陳英豪寫的〈湯圓〉：

咬下去
有冬天的感覺
看起來
有下雪的滋味
是什麼呢
喔　我知道了
是湯圓

畫：陳英豪

整首詩像謎語，先說謎面，最後是謎底，問句則安排在中間，看起來就不呆板了。所以問句也要配合詩意的走向，靈活設計才好。」

「哇！連問問題也不能馬虎哩！」小朋友咋咋舌。

「那當然，如果一首詩連用好幾個設問句，就更有威力了，像紀鈞維的〈七爺八爺〉：

你們是不是長舌公
要不然
舌頭怎麼那麼長
你們是不是變種人
要不然
臉怎麼一個黑
一個白
你們是不是吃錯藥
要不然
怎麼矮的長不高

高的變不矮

哦 我知道了

原來你們都是外星人

整首詩運用一長串設問句，使詩產生咄咄逼人的氣勢，配上最後一句詼諧有趣的『答案』，教人想忘了它也難哪！」

「唉！不得了的了不得！」小朋友打趣的說。

「所以，問問題是門大學問，如果你想成為愛迪生第二，那麼——」我故意吊胃口。

「多說ｗｈｙ！」小朋友同聲回答。

遊戲活動　你也做做看

- 「設問」的詩，讀起來有何感覺？
- 有人說，用設問法創作的詩詩味較淡你認為呢？
- 請找出兩首用設問法完成的兒歌。
- 以「植物」為題材，用設問法創作一首兒童詩。

不按牌理出牌——談誇飾

開場白——他的感覺

「我生氣時可以把春天捏成冬天。」

「我把夏天的太陽抓到冬天的家，熱死冬天。」

噢！我恍惚見到一頭頭的牛，被小朋友吹到天上去了，問他們：「吹牛的滋味怎樣？」

「很好玩哪！瘋瘋癲癲的。」

「看著別人吹牛，我心裡就猜想，是黃牛皮貴呢？還是水牛皮貴？真擔心他們吹破牛皮。」

「我們只不過誇張自娛而已，但是要誇張得出神入化，還得憑真本事哩！」

腦力激盪——我有話要說

「對！誇張需要有豐富的想像力。」於是我請小朋友用誇張的描述來形容夏天。

「夏天像個大烤爐，我們是一隻隻的烤雞。」

「夏天的冰棒裡藏著涼爽，我咬了一口，哇！夏天不見了！」嘿！這個誇張很傳神哩！

「很好！把事物的特點鮮明誇張的強調出來，就會覺得生動有趣，像余政翰寫的〈太陽的手〉：

太陽的手裝滿了愛
他怕我們感冒
每天抱著我們
可是他抱得太緊

不得了
我們變成大黑人了

最後一句誇張的說出陽光的威力，讓我們無法消受。

「我想起來了！電視廣告常常有這種誇張的現象。」

「最誇張的就是喝飲料時，喝著喝著，眉毛變了，髮型也變了。」

「哎！那是推銷他們的產品好喝，凶巴巴的人喝了，心情就好了，人也不凶了。」

「廣告多半都很誇張，讓你受不了誘惑！」小朋友一提

畫：余政翰

起電視廣告，聲調提高了不少。

「奇怪，戲劇要誇張，演出效果才會好，為什麼寫兒童詩也要誇張呢？」

「問得好！兒童詩中的誇張詞句稱為『誇飾』；一般兒童詩中，表達的意象不外是時間、空間、物象或情緒等方面，為了強調這些意象，我們可以用各種方法，如類疊、排比、設問、比擬等，誇飾也是一種可行的好方法，像邱泰鈞寫的〈時間〉：

那雙飛毛腿跑得真快
我剛從夢中醒來
就跑走我一半的童年

經由作者主觀的誇飾，時間就顯得更快捷了，令人措手不及。」

「一場夢就是一半的童年，真厲害！」

「是啊！簡直是彈簧腿嘛！」

「應該叫飛彈腿才對。」小朋友嘖嘖稱奇。

「我想應該是金華火腿，讓人連作夢都想著它。」

「哇！」有人在嘸口水了。

「老師，你看，我這首詩夠誇張了吧！」吳德威拿著他寫的〈爸爸的鬍子〉給我看：

爸爸的鬍子
像亞馬遜叢林
我一爬上去
就被刺得哇哇叫
馬上爬下來
爸爸卻高興得哈哈笑

「嗯，把亞馬遜茂密的熱帶叢林，拿來和爸爸的鬍子相比，可以想見爸爸的鬍子是多麼壯觀了！這是對物象的誇飾，小朋友覺得這首詩怎麼樣？」

「阿威，你怎麼能爬到你爸爸的鬍子上？太誇張了吧！」

「這就叫『誇飾』嘛！」

「我倒覺得這首詩不單強調鬍子的表像，更突顯他爸爸的鬍子又多又硬，面積、體積都很大，才能讓他『爬上去』呀！」

「好極了！用『爬上去』這樣的語詞，造成空間上的誇張效果，是作者最成功的地方，如果寫成『摸起來』，雖然也很合理，卻失去那種誇張的趣味，整首詩就不吸引人了。」

「我猜，阿威他爸爸的臉上八成只看得到鬍子！」

「哈！你說得也很誇張喔！」

「老師，亞馬遜叢林的面積不是越來越小了嗎？」

「那是被電鬍刀刮的啦！」

咦！小朋友的討論居然又引出這樣的妙喻來。

「不按牌理出牌是誇飾的要領，由於不合常理，讀者不會輕易相信那是真的，自然就不會影響事實真相，反而能純粹欣賞詩的趣味。除了這點，也要注意情感的自然流露，誇飾造成的趣味才能率真動人，像田宛姍寫的〈太陽和月亮〉：

太陽和月亮是好朋友
他們喜歡玩捉迷藏
白天
太陽當鬼到處找月亮
找得太陽臉都紅了
晚上
輪到月亮到處找太陽
找得滿頭的汗
都變成了星星

把生活中的體驗作為創作的題材，情感就不知不覺注入其中。和好朋友玩捉迷藏，找人找得臉紅、流汗，都讓我們覺得很親切，可是滿頭的汗變成星星，那就不可思議了！」

「月亮一定是體力欠佳，才找一下就老眼昏花，難怪會滿天星了！」

「不對！星星是月亮的眼淚才是。我妹妹和我玩捉迷藏，找不到我就哇啦哇啦的哭，這招很厲害喲！她一哭，我就得出來哄她，然後我就得當鬼，因為她抓到我啦！」

「這真的是不按牌理出牌！」

「哈哈……」

遊戲活動 **你也做做看**

- 你吹過牛皮嗎？滋味怎樣？請用一句話來描述。
- 哪一則廣告讓你認為它誇張得可愛？為什麼？
- 請自由創作一個誇張的動作給家人欣賞。
- 請以「昆蟲」為主題，用誇飾法創作一首兒童詩。

裝腔作勢——談擬聲

開場白——他的感覺

「你很高興你就學狗叫！」我帶頭唱。

「汪！汪！」小朋友熱烈又興奮的叫，並且接唱：「我們一起唱呀，我們一起跳呀，圍個圓圈盡情歡笑學狗叫！」

「ㄨ ㄍㄚˇ ˙ㄍㄚ！ㄨ ㄍㄚˇ ˙ㄍㄚ！」我出其不意脫口而出。

「哈哈！我就知道老師不會學狗叫！」

「誰說的？我學的是『飛天狗』的叫聲！」

「哪有飛天狗？只有飛天鼠和高飛狗！」

「告訴你們，這叫做『狗吠火車』！除了狗叫，你們還會摹擬哪些聲音？那些聲音讓你聯想到什麼？」

腦力激盪——我有話要說

「公雞啼叫最無聊了，ㄍㄨˇㄍㄨ．ㄍㄨ——我一聽就想到神經病。」

「咦！怎麼會呢？」

「會喲！公雞根本不分時間，牠大清早叫，中午這麼叫，下午也這麼叫。」

「喔！那一定是鬧鐘的零件故障了。」小朋友把公雞調侃了一番。

「我家的母雞是另一型。」陳良哲說：「咕咕咕，小少爺起床了，上學快遲到了！咕咕咕，小公主不要再玩了，考試考不好你就完蛋了！咕咕咕，死鬼快起來，不然要被炒鱿魚了！咕咕咕，家中的老母雞，早也咕咕咕，晚也咕咕咕。」

「這還好咧！不像我家隔壁都是鴨子。呱呱，隔壁的王大媽又在叫了，嘰哩呱啦，嘰哩呱啦！呱呱，隔壁的王先生又在鬧了，呱啦呱啦，呱呱啦啦！哇！他們幾時變天鵝呢？」蕭鳳怡說得大家拍手叫好！

「說到這種吵人的聲音，我也有經驗喔！」高溫傑站起來：「叭叭叭！我正要睡，叭叭叭！那聲音響了過去；叭叭叭！我正在安穩的睡，叭叭叭！那聲音又響了過來；叭叭叭！是睡不著覺的聲音。」

「你們很厲害，能夠從聲音聯想這麼多意思。知道嗎？這是『擬聲法』的運用喔！兒童詩裡就有這種擬聲的作品。」我邊稱讚邊補充。

「老師，什麼是擬聲的兒童詩？」

「洪紹恩的〈火車〉就是擬聲的作品：

嘟 嘟 嘟

ㄑㄧ ㄑㄧㄤˋ ㄑㄧ ㄑㄧㄤˋ

ㄑㄧ ㄑㄧㄤˋ ㄑㄧ ㄑㄧㄤˋ

火車一直說

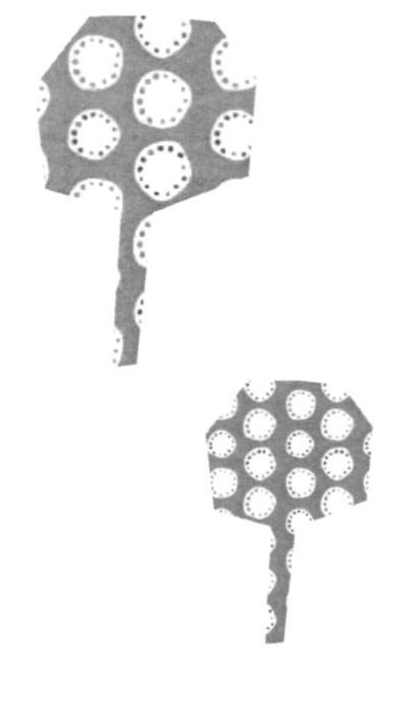

悽慘　悽慘
嘟　嘟　嘟
看到火車
就想起爸爸的話
悽慘　悽慘　跌停板啦

從事物的聲音產生聯想，並藉著聲音來傳達意象，增加詩的趣味，這是擬聲的特點。」

「老師，有沒有只摹擬聲音的？」

「對不起！老師不明白你的意思。」我老實說。

旁邊的小朋友提醒他：「喂！你乾脆舉例子給老師聽嘛！」

抓抓頭，這小朋友說：「像電話是ㄌㄧㄥ——，鞭炮是劈哩啪啦——」

他很努力的說明，可是我仍然沒弄清問題的核心。曾詩親索性站起來說：「雲真有兩把刷子，天空的衣服髒了，雲用力一刷，天空大喊痛痛痛，眼淚嘩啦嘩啦的掉下來。」

畫：徐仁杰

我跟著小朋友一起鼓掌，又問：「哪個小朋友再舉個例子好不好？我還是有些迷糊！」

「我來！」林品仲胸有成竹的說：

「電動玩具是個偷心賊，
只要他擠擠眼，
小孩子就會投入他的懷抱。
ㄆㄧㄣˋ
ㄆㄧㄣˋ——ㄆㄧㄣˋ——ㄆㄧㄣˋ
ㄆㄧㄣˋ——，
一隻小小的手，
打碎了爸媽的心；
ㄆㄧㄣˋ——ㄆㄧㄣˋ——ㄆㄧㄣˋ
ㄆㄧㄣˋ
ㄆㄧㄣˋ，
一隻小小的手，

打跑了課本的呼喚。
不要靠近他，
不要看他，
一腳踢走他，
擁住爸媽和課本，
讓爸媽的心再微笑，
讓課本的呼喚再響起，
哈哈，
電動玩具不來電囉！」

「欸——」歡呼聲裡還有喝采：「林品仲說得好！」
「老師，你到底懂了沒？」
「懂了懂了！」我笑著說：「只要是摹擬聲音的，都可以算是『擬聲』，即使單純利用事物的聲音來表現趣味，增加效果，一樣行得通，不過在擬聲之外如果再加些聯想將會更有詩味，例如曾淑郁寫的〈時鐘〉：

時鐘兩兄弟
最喜歡說對聯了
每當公雞先生睡了
就開始說
其他 其他
叮噹 叮噹
等到天快亮時
沒蓋被子
他們才說
涼 涼

最後的『涼，涼』雖然是擬聲，但已加入聯想，有喊冷的意思；而『其他其他，叮噹叮噹』純粹是借用時鐘走的聲音來摹寫，也是擬聲的寫法。」

「跟九官鳥差不多嘛！」

「那九官鳥也是擬聲高手囉！」小朋友又發現新問題了。

「如果你是九官鳥，在摹擬聲音時，你希望得到什麼效果呢？」

「我希望能得到大家的笑容。」

「對！讓每個人笑得肚子痛。」

「最好能引起別人也想來表演一下的興趣。」

「我最希望能模擬得跟事物發出的聲音一樣。」

我點點頭，又問：「摹擬聲音的時候，你會利用什麼來增強效果呢？」

「聯想！」「動作！」「表情！」「我會用道具！」小朋友比手畫腳說了一大堆。

「所以，九官鳥算什麼？你們才是高手，最會裝腔作勢啦！對不對？」

遊戲活動 你也做做看

- 摹擬下列各種聲音並做聯想（叫聲可用注音符號代替）：鴨、麻雀、貓、蜜蜂、青蛙、卡車、鞭炮、電話、下雨、打噴嚏。
- 請用上列事物為主題，以擬聲法創作一首兒童詩。

童話和兒童詩的婚禮——談童話詩

開場白——他的感覺

說故事比賽，王瓊淑說：「小兔子離開了家，他嫌紅蘿蔔沒味道，世界這麼大，光吃紅蘿蔔多沒意思。他要到各地逛逛，到處嘗嘗新口味。『砰！砰！砰！』小兔子敲著別人家的門；『沒人開門！沒人開門！』西北雨嘩啦嘩啦的說著，風呼呼呼的笑著。小兔子沒法子，好心腸的螢火蟲，提來一盞燈，小兔子一步跟一步，跟著走回家。家中沒有雨，家中沒有風，小兔子慚愧的說：『家最美好！』」

「嗯！有道理，沒有家就沒有我們。」小朋友給王瓊淑一個熱烈的鼓勵。

「老師，她這個故事是童話欸！」

「對！而且還有兒童詩的味道。」

「如果把童話和兒童詩加起來，會等於什麼？」

「那當然是『童話詩』囉！」

「不對不對！那冬瓜茶是不是冬瓜加茶？」這話一脫口，自然少不了一陣笑聲的推擠。

腦力激盪——我有話要說

「童話詩到底是什麼？」我請小朋友說說看。

「由童話寫成的詩。」

「應該說是把童話和兒童詩混在一起寫出來的。」

「有什麼差別呢？反正是童話加詩，雙效合一的東西！」

「哎！說得那麼麻煩做什麼？童話詩，不就是童話和詩生下的小孩嗎？」

「喔！童話和詩結婚，生小孩了！這個想法真有意思。照你們的說法，童話和兒童詩是不同的囉！到底童話和兒童詩有什麼分別呢？」我請大家想明白些。

「童話是整個故事，詩是故事中最精采的一段。」

「童話是另一個世界的想像，詩是想像裡的另一個世界。」

「童話比較長，表達的意念比較多；兒童詩比較短，表達的意念比較單一。」

「那麼，『童話詩』這個小孩顯然遺傳了一部份特點：它是想像的，含有比較多的意念，也可以是整個故事中的一個片段。」說到這裡，我改變語氣，鼓勵小朋友：「試試看，把童話和兒童詩結合起來，練習創作童話詩。」

「唉！老師，我會頭暈！」

「我的想像力不夠用了！」

「要先有童話再寫詩，真不容易欸！」

我微笑傾聽他們的抱怨，耐心等，果然，嘮叨之後，紙和筆的會談開始了……

「老師，我寫這樣算不算童話詩呢？」吳雅淑問我，我請她把作品念給小朋友聽：

美麗的月亮

有一雙會說話的眼睛
太陽一不小心
就陷入了愛情的路途
熱情的太陽
把自己的愛
化成一杯涼水
送給美麗無比的月亮喝

「這首詩很像童話呢！」
「看起來就像愛的故事嘛！」
「喂！開口笑，你這個青蛙王子如果碰上白雪公主，你會不會化作『青蛙湯』給她喝呀？」小朋友興致全都來了。

「對！就像這樣，把想到的童話故事用詩的形式寫出來，所以它有童話的味道，也有詩的感覺。月亮和太陽的羅曼史是一個老掉牙的故事，能夠換個角度去想，把太陽的愛變成涼涼的露水，不只是高明的想像，也是整首詩的菁華。」我乘機再做說明。

「哇！五個燈！」

「一百分！」

「我曉得了，童話詩也要用擬人化來寫。」

「說得沒錯！來，看青春痘的故事。」我請劉亦馨把她剛完成的作品也念一遍：

不知道是誰
把它種在臉上
ㄅㄛ
啊 青春痘發芽了
漫長的黑夜裡
鏡子說
發芽是青春痘最快樂的事

畫：劉亦馨

「哈哈，這顆青春痘一定特別大，還會ㄅㄛ一聲迸出來咧，真誇張！」
「桃太郎也是這樣蹦來的！」
「我想起傑克的豌豆，哈哈！」
「這樣寫很好哇！我們通常都是在睡一覺後，從鏡子中發覺臉上長滿痘痘，就好像孵豆芽一樣，一夜全冒出了頭。」
「嗯，只要青春不要痘！可是鏡子為什麼那麼了解青春痘呢？」
「那是魔鏡！你忘了嗎？」
「鏡子又不睡覺，當然最清楚嘍！」聊得真起勁。
「老師，不談鏡子行不行?我寫好一首〈吹泡泡〉了。」周宛珊把她的作品高高揮著。

一個個晶瑩七彩的泡泡
喜歡旅行
有的想飛到草原上
去拜訪在草原上跳舞的彩蝶

有的想飛上藍天
去拜訪和花草親嘴的太陽
有的想跳入水中
去拜訪在水裡玩衝浪板的魚兒
可是
泡泡沒有
和彩蝶握手
和太陽打招呼
和魚兒聊天
泡泡一定迷路了

「唉！怎麼把泡泡吹得迷路了？」
「那些泡泡後來呢？」
「老師，童話詩能不能寫長一點？」
「對呀！泡泡的故事還沒完，再寫

畫：周宛珊

下去嘛！」有惋惜，有好奇，有請求，小朋友期待著故事繼續發展。

「就像童話故事有長篇也有短篇的一樣，童話詩的長短也沒有一定的要求，只要優美動人，倒不必寫得多長，當然，遇到故事內容豐富、想像突出，又能掌握詩的特質，那麼即使寫成一千零一夜，也不擔心有人會打瞌睡呀！好啦！謝謝你們參加這場童話和兒童詩的婚禮……」

「ㄉㄤˇ——ㄉㄤ——ㄉㄤ——ㄉㄤ，ㄉㄤˇ——ㄉㄤ——ㄉㄤ——ㄉㄤ……」又是一陣歡笑。

遊戲活動　你也做做看

- 童話和兒童詩有什麼分別？
- 說個童話故事給家人聽。
- 童話詩是什麼？透過想像思考，請你把它畫出來。
- 請以「雲」為題材，創作一首兒童詩。

別穿錯了衣服——談兒童詩和散文

開場白——他的感覺

東風初訪大地，我和小朋友興起到花圃捕捉春天的念頭。

「老師，這裡好美喲！」

「小朋友，我們來玩文字遊戲。」

「好哇！玩什麼？」提到遊戲，很多顆眼珠立刻變大了！

「不行啦！老師，在這裡玩會吵到春天！」有人提出反對的意見。

我接口說：「所以，我們玩靜態的遊戲。現在，請你們把看到的，用簡短的散文記下來，再把散文改成兒童詩。」

「哇！這叫『文字遊戲』？我還以為要猜謎呢！」

腦力激盪——我有話要說

我笑笑，目送小朋友各自尋找中意的角落，和春天訪談。

「老師，你看！」呂靜怡手上捏著一隻黃色粉蝶，小朋友驚喜的圍過去：「你慘了！老師要你寫兒童詩、寫散文，你怎麼去抓蝴蝶？」

「才不哩！我要請老師看的是另一隻蝴蝶。」呂靜怡放開蝴蝶，在嘆息聲中，念出了她的散文：

「清爽的春天，有芬芳的花朵、翠綠的草地，蝴蝶輕盈的飛舞在春天裡，到處都有美麗婀娜的身影。看！她朝我這邊飛了過來，我伸手去抓，她卻從我手指間飛過，追逐一會兒，啊！捉到了！我捉到了一隻蝴蝶。」

接著，呂靜怡又念出她寫的兒童詩：

春天像一隻蝴蝶
輕輕的
飛過我身邊
我伸手一抓
哇
我抓住春天了

「原來是這麼回事！」

「可惜呀！你又把春天放走了。」

「老師，她的散文裡提到花草，詩裡頭卻沒有！」

「可是她的散文大部分都在講

畫：鄭毓妮

蝴蝶呀！我覺得她的詩把蝴蝶的事情寫得好極了。」

「散文那麼長，字又那麼多，詩是不可能完全照文章寫的嘛！」小朋友彼此有些意見。

「最重要的關鍵是：散文的本質是在『說明』，敘述性比較強，內容主要在說明自己所看所聞、所作所想。但詩的本質是『表現』，著重抒情，因此選擇了最能表現春天的形象——蝴蝶，來象徵春天。」

「說明的用意是要使別人懂，所以要多費唇舌；表現的目的是要讓別人感動。老師，我說得對不對？」

「對！如果一首兒童詩，我們讀起來覺得那只是分行寫的散文，或是讀完後心裡沒有任何感動，那就不算是詩了。」

「那算什麼？」

「算是穿錯衣服的大野狼！哈哈……」

「哎呀！你們把我的聲音都笑跑了！」李淑貞揚揚手上的作品，原來她的創作被我們打斷了。

「真對不起！」有人說。

「還好我寫完了！」她做了個鬼臉，在我們的要求下，念出她寫的散文：

「花園裡，盛開的花朵吸引了我的眼光。翠綠的樹叢因為有各色花朵的妝扮，顯得美麗迷人。嗡嗡嗡，一隻蜜蜂飛呀飛，最後停在花瓣上，低頭採蜜，一會兒，他又飛到別朵花上，忙碌的工作。嘩啦嘩啦的水聲，把沉浸在這幅美景裡的我叫醒了。我愉快的聽著，呀！春天已經降臨這座園子！」

「嗯！這是在說明你剛才看到、聽到的事物。」

「不！我是在敘述。」李淑貞不以為然的說。

「散文的本質是說明，這是老師剛才說的！」小朋友得意的「掛招牌」出來。

「我們先聽聽兒童詩的內容好嗎？」我請李淑貞也把她寫的兒童詩念一遍：

春天的聲音
是從花裡走出來的
春天的聲音
是從小河裡流出來的

春天的聲音
輕輕的
輕輕的
捉住了整個大地

「咦！這是剛才那篇文章改寫的嗎？怎麼差那麼多？」
「詩寫得很好，比文章有意思多了！」
「聲波會傳播、擴散，用『流出來』還算貼切，可是聲音怎麼會『走出來』呢？」
「那是指陽光吧！陽光的移動就是在走嘛！」
「應該是指蜜蜂、蝴蝶啦！」
「那怎麼不用『飛』呢？」
「你們聽我說嘛！」李淑貞的聲音響起來：「我是想起『時間的腳步』這個語詞，覺得『走』這個字比較恰當、擬人化呀！」
「老師，我發現她們很喜歡用『輕輕的』！」
「春天不是熱鬧的嗎？」

「用『輕』才能表現出我無意中發現春天的那種感覺呀！」李淑貞毫不退讓的說。

「請問你，這附近又沒有河流，你的小河是怎麼來的？」

李淑貞伸手一指：「喏！就是那條水溝哇！」

哈哈！把一條水溝想像成小河！我們在哄堂大笑中給她最熱烈的掌聲，還有人豎起大拇指對她說：「你真厲害！」

「把散文和兒童詩一比，就可以看出散文和詩不但在格式上不同，帶給我們的體會也不一樣；寫兒童詩，記得要把握詩的本質和語言特性，別穿錯了衣服喔！」我提醒小朋友。

遊戲活動　你也做做看

- 你比較喜歡兒童詩還是散文？為什麼？
- 請把下列這首兒童詩改寫成簡短的散文。

風／陳慧純

當風吹來的時候，
雲朵躺在天空懷裡
看畫；
當風吹來的時候，
風鈴掛在窗口上
聽歌；
當風吹來的時候，
小妹妹躺在搖籃裡，
輕輕的，睡著了。

•請以「快樂」為主題，創作一首兒童詩。

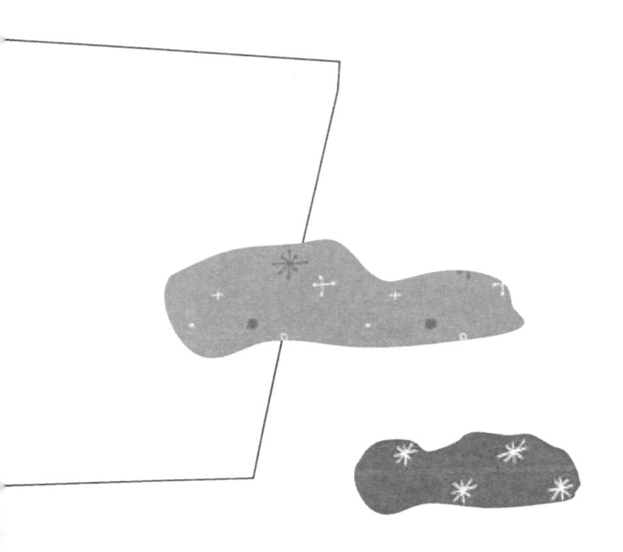

兒童文學03　PG0949

飛入兒童詩的世界

作者／林加春
責任編輯／林千惠
圖文排版／郭雅雯、王思敏
封面設計／陳佩蓉
出版策劃／秀威少年
製作發行／秀威資訊科技股份有限公司
114 台北市內湖區瑞光路76巷65號1樓
電話：+886-2-2796-3638
傳真：+886-2-2796-1377
服務信箱：service@showwe.com.tw
http://www.showwe.com.tw

郵政劃撥／19563868
戶名：秀威資訊科技股份有限公司
展售門市／國家書店【松江門市】
104 台北市中山區松江路209號1樓
電話：+886-2-2518-0207
傳真：+886-2-2518-0778

網路訂購／秀威網路書店：http://www.bodbooks.com.tw
國家網路書店：http://www.govbooks.com.tw
法律顧問／毛國樑　律師

總經銷／聯寶國際文化事業有限公司
221新北市汐止區康寧街169巷27號8樓
電話：+886-2-2695-4083
傳真：+886-2-2695-4087

出版日期／2013年6月　BOD一版　**定價**／350元
ISBN／978-986-89080-9-3

秀威少年
SHOWWE YOUNG

國家圖書館出版品預行編目

飛入兒童詩的世界 / 林加春作. -- 一版. -- 臺北市 : 秀威少年, 2013. 06

面； 公分

ISBN 978-986-89080-9-3 (平裝)

1. 童詩 2. 詩評

859.8 102008128

讀者回函卡

感謝您購買本書，為提升服務品質，請填妥以下資料，將讀者回函卡直接寄回或傳真本公司，收到您的寶貴意見後，我們會收藏記錄及檢討，謝謝！
如您需要了解本公司最新出版書目、購書優惠或企劃活動，歡迎您上網查詢或下載相關資料：http:// www.showwe.com.tw

您購買的書名：________________________________

出生日期：________年________月________日

學歷：□高中（含）以下　□大專　□研究所（含）以上

職業：□製造業　□金融業　□資訊業　□軍警　□傳播業　□自由業
　　　□服務業　□公務員　□教職　□學生　□家管　□其它_____

購書地點：□網路書店　□實體書店　□書展　□郵購　□贈閱　□其他

您從何得知本書的消息？
□網路書店　□實體書店　□網路搜尋　□電子報　□書訊　□雜誌
□傳播媒體　□親友推薦　□網站推薦　□部落格　□其他__________

您對本書的評價：（請填代號　1.非常滿意　2.滿意　3.尚可　4.再改進）
封面設計____　版面編排____　內容____　文／譯筆____　價格____

讀完書後您覺得：
□很有收穫　□有收穫　□收穫不多　□沒收穫

對我們的建議：________________________________

____

____

____

請貼
郵票

11466
台北市內湖區瑞光路 76 巷 65 號 1 樓
秀威資訊科技股份有限公司 收
BOD 數位出版事業部

（請沿線對折寄回，謝謝！）

姓　　名：____________　年齡：______　性別：□女　□男

郵遞區號：□□□□□

地　　址：________________________

聯絡電話：(日) ____________ (夜) ____________

E-mail：________________________